AF451289

Mia Antiere

O Príncipe Coreano

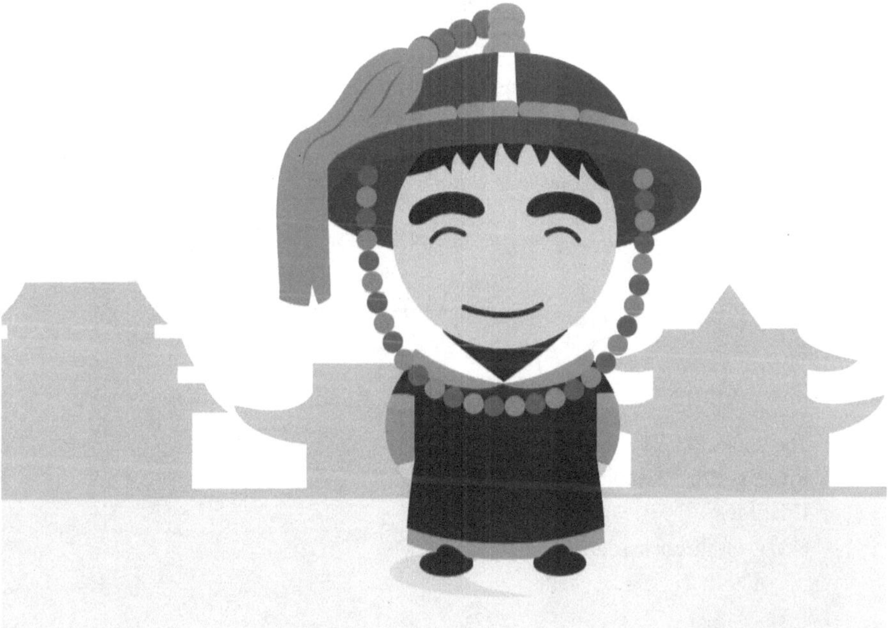

The Books
Editora

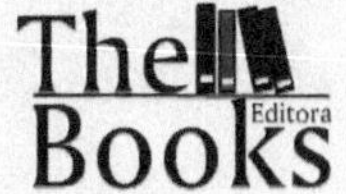

EDITORA CHEFE: WALDINEIA OLIVEIRA GOMES
CAPA: CRYS MAGALHÃES
REVISÃO: MIRIAM AGUIAR
DIAGRAMAÇÃO: CRIS SPEZZAFERRO

Dados Internacionais de Catalogação na Publicação (CIP)

A629p	Antiere, Mia
	O Príncipe Coreano / Mia Antiere.
	1. ed.Unaí, MG : The Books, 2018.
	ISBN 978-85-54906-06-1
	1. Ficção brasileira 2. Romance. I. Título

CDD: B869-3
CDU: 82-3

The Books Editora
Rua Três 572 – 38610–000 Santa Luzia
Unaí/MG
Site: www.thebookseditora.com.br

Dedico à todas as dorameiras de plantão.

As muitas águas não podem apagar este amor, nem os
rios afogá-lo; ainda que alguém desse todos os bens de
sua casa pelo amor, certamente o desprezariam.
Cânticos 8:7

Prefácio

O Príncipe Coreano foi a minha abertura para o mundo dos doramas[1]. Quando o li pela primeira vez fiquei tão curiosa que fui atrás de assistir o primeiro drama coreano que a personagem Mel assistiu: *Boys Over Flowers*. Hoje, meses depois, me confesso viciada. Como dizem por aí: uma dorameira assumida.

O livro nos leva a conhecer uma mulher e um homem nascidos em berços de ouro. Nos mostra suas vidas desde o nascimento entrelaçadas por um laço chamado destino.

Não é que estivessem sob alguma maldição. Também não nasceram no mesmo dia ou no mesmo ano. Sequer nasceram no mesmo continente. Mas o destino não precisa de nada disso para interferir. Ele não precisa de mágica para acontecer. Só precisa de uma coisa. A mais poderosa de todas: O amor.

O destino decidiu bagunçar a vida dessas pessoas nascidas tão distantes uma da outra. Simplesmente porque o destino tem um estranho humor e achou que estava na hora de acertá-los com a flecha do cupido.

"Esse destino sabe o que faz".

Durante a leitura imaginava a autora sentada em frente a sua escrivaninha, com seu computador ligado e

---

1. Doramas: É como são chamadas as séries e novelas asiáticas. Podem ser divididos em K- dramas (drama coreanos), J-drama (dramas japoneses) e Tw-drama (dramas tailandeses). Geralmente possuem um número reduzido de episódios e muito dificilmente são feitas mais de uma temporada.

sua mente viajando em cenários coreanos enquanto seus dedos trabalhavam freneticamente.

Já li outros livros da Mia Antiere, mas esse é, decididamente, meu favorito. Me imaginei passeando de ônibus pelas ruas de Seul, cantando e dançando em um karaokê, bebendo soju em uma tenda e, principalmente, vivendo um romance inesquecível com um lindo príncipe arrogante de olhos puxadinhos.

A autora mostra em cada parágrafo que sente tudo que os seus personagens sentem. E ela passa esses sentimentos aos leitores. Meu coração disparava esperando Lee e Mel se encontrarem a cada linha; ficava torcendo para eles se beijarem a todo momento. E confesso que Kwan também conquistou meu coração. Conquistou-me por ser aquele amigo de todo momento, capaz de abrir mão da sua felicidade para que seus melhores amigos fossem felizes.

O Príncipe Coreano não se trata apenas de um romance, uma história de amor ocorrida entre duas pessoas diferentes, mas sim da forma com a qual eles serão capazes de superar os desafios encontrados em suas vidas em nome do amor.

Torço para em breve assistir um drama inspirado nesse livro que prende a atenção e desperta sentimentos diferentes em cada pessoa.

No mais espero que todos os dorameiros e dorameiras possam embarcar nesta deliciosa história com a qual Mia Antiere nos presenteia. E aos que ainda não conhecem o intenso mundo dos doramas, está é uma oportunidade imperdível de mergulhar e se apaixonar.

NINAH SCHMUTZ – AUTORA DA SÉRIE *AOS SEUS PÉS*

Diferentes continentes

— Hoje estou de bom humor. Então dou a chance de escolherem entre seus empregos ou seus dentes – o sorriso de Lee Kang Dae em nada demonstrava humor. Estava mais para uma máscara de puro tédio.

Os dois homens a sua frente tremiam dos pés à cabeça. Não pretendiam dar um passo sequer ou argumentar. Conheciam a fama do príncipe da Coreia. Reputação injusta, pois apesar das palavras duras e expressão fechada Lee Kang Dae não era o tipo violento.

Por causa de uma briga na sua adolescência, para defender seu pai, acabou com fama de patrão que abusa dos funcionários. O que as pessoas não sabiam é que o funcionário que ele agrediu estava usando a empresa como fachada para traficar drogas através dos veículos que partiam para as concessionárias em várias partes do mundo, e que ao ser pressionado teve a ousadia de dizer que se houvesse repercussão anunciaria que o poderoso Lee Chung-ho estava envolvido.

Ouvir alguém ameaçar a índole imaculada de seu pai foi o bastante para fazer Lee Kang Dae perder o controle. Foram necessários dois seguranças para impedir que matasse o homem.

Apesar de não ter processo de nenhuma das partes, do funcionário ter saído algemado a uma maca em uma ambulância da empresa e de tentarem abafar a história nos meios de comunicação; a fama de filho violento se espalhou como pó em uma ventania.

Ninguém nunca se atreveu a perguntar o que aconteceu. Parecia mais fácil baixar o olhar e temer o garoto de expressão séria.

Lee conhecia tudo sobre a K1 Corporation. Passou grande parte da infância escondendo da babá nas imensas salas e na adolescência participava de várias reuniões para ser preparado para assumir o lugar do pai quando fosse a hora.

Administrar uma corporação estava longe de ser uma coisa simples. Lee Chung-ho possuía hotéis e restaurantes espalhados pelo mundo além de tudo que se referia a carros, de idealizadores a revenda. Parecia que o pai deixou a marca dele pelo mundo e Lee Kang Dae estava fadado a cuidar para que o império nunca se perca. O poder era parte do que ele era.

Nunca odiou os privilégios que a família oferecia. Seu único problema é que preferia o carinho da mãe no lugar da fortuna da família. Isso era algo que nunca recebeu apesar de buscar de todas as formas. Havia uma barreira entre eles que ela não o permitia ultrapassar.

Talvez por seu desejo de conquistar o amor da mãe Lee Kang Dae se tornou praticamente uma marionete em suas mãos. Estava sempre disposto a aceitar tudo que ela exigia. E ela exigia muito. Desde sua infância não permitia que tivesse contato com pessoas de famílias que considerava inferior, isso incluía os empregados e todas as pessoas que não saiam nas notícias em revistas de economia. Ele mal sabia quem trabalhava na casa e pouco se envolvia com os funcionários da corporação; as exceções eram os momentos em que era necessário algo mais que uma simples demissão. Seus amigos se resumiam a

Kwan; membro de uma famosa banda de K-pop[2] e Kim Dong-sun; um playboy filho mais novo do CEO de uma das empresas de veículos que faz parte da K1 Corporation. Havia também sua noiva, mas ela não se encaixava na lista de amigos. Era apenas outra das exigências de sua mãe.

Seus pensamentos viajavam em lembranças enquanto esperava intensos instantes se alguns dos dois homens seria responsável o bastante para retrucar o fato de serem questionados sobre as recentes fraudes nas finanças. O fato de que ficaram calados esperando seu julgamento significava que realmente estavam roubando e adulterando notas. As quantias eram insignificantes para a empresa, mas a atitude significava muito.

Virou as costas para os homens observando o movimento nas ruas através das paredes de vidro enquanto dava sua sentença:

— A carta de demissão pode ser entregue diretamente no RH. Espero não ver a cara de vocês nunca mais. Nem mesmo na rua· Fujam se me ver porque meus punhos não acham que uma simples demissão paga o quanto fizeram meu pai, essa empresa e eu de trouxas – tamborilava os dedos na mesa encarando um ponto invisível na madeira.

— Jamais digam o motivo pelo qual estão se demitindo – exigiu.

Não houve nenhuma resposta por longos segundos.

— Saiam – ordenou cansado da presença deles.

Só se virou quando ouviu o barulho da porta se fechando.

---

2. K-pop (abreviação de korean pop) música pop coreana ou música popular coreana. É um gênero musical originado na Coreia do Sul. As músicas pop sul-coreanas são, no geral, marcadas pela mistura de gêneros musicais. Em suma, a maior parte das produções associam batidas de rap e hip-hop com música eletrônica dançante, blues e rock.

— Porcos – sua voz saiu quase um rosnado enquanto sentava e pegava o telefone para se comunicar com o seu pai.

Após o segundo toque ouviu a voz grave:

— Alô!

— Está feito – com isso queria dizer que os dois funcionários fraudulentos já haviam sido desmascarados e que o RH estava providenciando a promoção dos substitutos.

— Confio em você – respondeu a voz do outro lado da linha.

Lee Kang Dae não respondeu, mas seu coração se encheu de emoção. Seu pai era a pessoa que mais amava e respeitava no mundo, depois de sua mãe. Observou a placa de vidro onde o nome dele estava gravada; **CEO Lee Chung-ho**.

Ele estava longe de ser apenas o CEO. Era a base que mantinha mais famílias que podia contar, dentro e fora da Coreia do Sul.

Ouviu seu pai completar:

— Esteja em casa a tempo para o jantar hoje. Assim que terminar aqui irei direto para casa.

Ele estava em Busan realizando as visitas mensais aos restaurantes enquanto o filho o substituía na matriz. Gostava de visitar todas as ramificações da K1 Corporation.

— Estarei – Lee Kang Dae respondeu.

Sorrindo desligou o telefone. A ordem de seu pai era mais um pedido de socorro. O jantar seria para ele uma tortura. Não tinha um bom relacionamento com a esposa e esse relacionamento ficava mais difícil quando recebiam a família da futura esposa do filho.

Seu pai não se dizia contra o casamento, mas olhava com tristeza toda vez que ele aceitava algum pedido de sua mãe sem questionar. Queria que o filho se casasse por amor não que estivesse em uma família arranjada como ele, pois não era algo agradável ver nos olhos da esposa que o coração dela nunca te pertenceria. O único laço que os unia era o filho. Não queria isso para ele. Tinha fé de que ele abriria os olhos e perceberia que fazer as vontades de sua mãe não o levaria a lugar nenhum. Era o pedido em suas orações todas as noites. Tinha fé.

São Paulo, janeiro de 2018

A secretária depois de confirmar que o presidente estava disponível sorriu para Mel e disse:

— Seu pai a aguarda.

Mel também sorriu para ela e agradeceu. Renata era secretária de seu pai desde o momento em que ele assumiu a presidência da VCA veículos. Nunca aceitou nenhuma das oportunidades de promoção. Se não fosse apaixonada por sua namorada, com a qual estava há quase catorze anos, Mel cogitaria a possibilidade de acreditar nas fofocas de que seu pai e ela eram amantes. Mas isso era algo que ela sabia não ser verdade. Seu pai amava sua madrasta e Renata amava a namorada. Se ela gostava de ser secretária as pessoas deviam simplesmente aceitar.

Assim que abriu a porta do escritório do pai anunciou:

— Senhor Carlos Bittencourt, hora de descansar e curtir um almoço com sua filha.

— Não estou atrasado ainda – o belo homem moreno de porte severo, que ainda não tinha chegado aos cinquenta anos, teve seu rosto transformado por um sorriso. Sempre que via a filha não conseguia conter o sorriso. Ela era praticamente uma cópia de sua mãe – Tenho que ler e assinar esse contrato. Pode me dar vinte minutos?

— Sim chefe. Vou buscar um café expresso para o senhor e um chocolate para sua filha faminta aguentar esperar – teatralmente fez uma referência antes de sair sob a risada do pai.

Poucos minutos depois ela voltou, colocou a xícara de café na mesa dele e se sentou em silêncio em uma poltrona saboreando o chocolate quente e observando seu pai ler atentamente cada página do contrato.

Era a cena que mais gostava. Ver seu pai concentrado em sua imensa sala decorada sobriamente; pintada em tons pasteis e com móveis predominando a cor grafite.

Enquanto esperava vagava por lembranças como o quanto ele se desdobrava para cuidar dela sozinho até a chegada de Jocasta e seus dois filhos em suas vidas.

Sua mãe morreu por causa de complicações no parto ao dar à luz a ela. A conhecia apenas através de fotografias. E foi através de fotografias que soube que a cada ano ficava mais parecida com ela; os cachos negros que desciam até abaixo do ombro, a pele morena e os olhos castanhos expressivos; até mesmo os seios pequenos e a cintura fina lembrava a mulher das fotos.

Sentia-se muito triste por não ter chegado a conhecê--la. Por isso a chegada de Jocasta foi o paraíso. Ganhou irmãos e mãe em um pacote único.

Jocasta Castilho chegou na vida deles quando Mel tinha cinco anos. Encontraram-se em um shopping por acaso quando Carlos lutava para manter Mel quieta enquanto sua secretária escolhia alguns vestidos e calçados para a menina.

Jocasta estava comprando na mesma loja para sua filha Vanessa. As duas crianças se viram e em instantes já estavam brincando juntas. Jocasta ajudou a secretária a escolher os produtos. Logo os adultos estavam conversando enquanto as crianças brincavam de se esconder entre as araras de roupas. Renata partiu quando o chefe e a nova amiga decidiram levar as meninas para o parquinho do shopping.

Jocasta e Carlos conversaram sobre várias coisas, inclusive sobre o fato de serem viúvos e em como era complicado criar os filhos sozinhos. Ela contou que tinha mais um filho dois anos mais velho que Vanessa, chamado Lucas.

Carlos pediu que ela visitasse sua casa com os filhos para que eles brincassem com Mel. E ela passou a visitá--los todo fim de semana.

Com o tempo o relacionamento dos dois mudou e decidiram se casar.

Mel passou a ter uma família completa. E com o passar dos anos desenvolveu um amor platônico por Lucas.

Ela voltou ao presente quando seu pai anunciou que estava pronto para partir.

Se despediram de Renata ao passarem por ela, mas não foram muito longe. Não foram a nenhum restaurante chique. O refeitório da empresa no quarto andar era o local escolhido por eles.

Como tinha passado um pouco do horário de almoço havia muitas mesas vazias. Eles se serviram, cumprimentaram os conhecidos e se sentaram.

— Estou muito animada com a proximidade do dia da viagem. Só fico triste que Vanessa não possa ir – Mel comentou enquanto almoçavam.

— Ela escolheu um curso bem difícil, mas percebo que está apaixonada por ele. Quer aprender mais do que aparece nas aulas e quer 100% em todos os testes – Carlos demonstrava todo orgulho que sentia de sua filha de criação.

— Sua filha mais inteligente – Mel sorriu. – Enquanto Vanessa se esforça para ser uma grande cirurgiã uma tal de Mel vive dentro dos doramas.

Não havia ciúmes ou inveja em seu tom de voz. Mel desejava coisas diferentes das que Vanessa desejava. Ela cresceu apaixonada por doramas, desde os seus doze anos, e baseou todo seu futuro neles. Seu objetivo estava traçado desde muito cedo: realizar todos os itens de sua lista das coisas que faria em Seul. Lista que criou a partir dos doramas que assistia.

— Ambas são inteligentes. Você vai seguir os passos de seu pai e administrar a nossa empresa. É uma grande responsabilidade, por isso aproveite bem esse tempo de férias que tirou antes de começar o curso de administração.

Carlos sabia que sua filha tinha consciência do quanto era amada. Tinha tanto orgulho do interesse dela em ajudar as pessoas, em aprender sobre o negócio da família, e principalmente, sobre em como sua vida era organizada. Aprovou quando ela terminou o ensino médio e decidiu tirar um ano de férias antes de começar a fazer faculdade.

Sua filha sempre foi responsável e, apesar de nunca contar para ela, adorava o fato dela se manter focada em seguir os passos das mocinhas dos doramas, pois não corria o risco de vê-la se envolvendo em coisas erradas ou com pessoas de má índole. Para ela o primeiro beijo tinha que ser com a pessoa que seria sua para sempre e a primeira vez só depois de casados. Que pai não amaria isso?

— Tão compreensivo esse meu pai. Só não sei porque não permite que eu faça o curso em uma universidade da Coreia do Sul.

— Sabe sim. É o mesmo motivo que te dei ontem quando pediu pela enésima vez. Você precisa trabalhar comigo e colocar em prática seus aprendizados. Se estiver longe não vai acompanhar tão bem o desenvolvimento da empresa.

— Eu sei, mas é tão difícil não pedir – ela riu. Seu pai tinha razão como sempre. Em vez de aprender em uma empresa estranha o melhor seria aprender na empresa onde trabalharia ao lado dele

— Eu sei – riu também. – Você devia ir conhecer Seul de uma vez. Satisfazer sua curiosidade. Aproveite para conhecer pessoalmente Sun-hee. Já faz mais de três anos que se comunicam e ainda não se viram pessoalmente.

Mel colocou um pedaço da torta de chocolate na boca e fechou os olhos sentindo o sabor, como sempre fazia. Depois de instantes comentou:

— Realmente pretendo fazer isso antes das minhas férias de um ano terminar. Mas vamos mudar de assunto. Quero falar sobre o senhor – sua expressão ficou séria.

— Não tenho nada de novo para contar – Carlos sabia qual o assunto e queria evitar.

— Eu sei que passou mal ontem no escritório. Não tente esconder isso de mim.

— Foi só um mal-estar – tentou esconder a verdade atrás de um sorriso. Não queria que a filha soubesse que teve um princípio de infarto.

Havia proibido o Dr. Anderson, médico da família, de falar sobre isso com qualquer pessoa. Somente Jocasta sabia.

— Papai, está trabalhando demais. Não vai conseguir fazer muita coisa se ficar doente. Precisa cuidar da sua pressão.

— Estou me esforçando mais do que de costume por causa do contrato que estamos prestes a assinar com a K1 Corporation. É um contrato que pode significar uma parceria por anos. Se esse novo modelo de carro sair como eu quero e conseguirmos esse contrato vamos trabalhar com uma corporação sul coreana – tentou justificar usando a fraqueza dela por qualquer coisa que envolva a Coreia do Sul.

— Não vai me tranquilizar usando uma corporação coreana. Nada vale mais que sua saúde – parecia uma mãe repreendendo o seu filho malcriado. Carlos ocasionalmente se esquecia de tomar a medicação que tornou-se parte do seu cotidiano depois que se descobriu com hipertensão arterial poucos anos atrás. Mel se mantinha sempre atenta para lembrá-lo quando necessário.

— Mas posso te tranquilizar dizendo que em no máximo duas semanas tudo estará resolvido. Inclusive gostaria de ser convidado por uma certa filha para uma pequena férias em Seul.

— Jura? – seu rosto se iluminou em um imenso sorriso. Quase esqueceu que estavam falando sobre a saúde dele. Quase. Ainda estava em alerta e ficaria de olho se ele passava mais tempo que o necessário trabalhando e se estava tomando seus remédios corretamente.

— Sim. Gostaria de viajar com seu velho pai? – perguntou satisfeito por ter feito a filha sorrir.

— Adoraria. Só não sei se Jocasta vai ficar animada. Ela prefere viagens que envolvam praias ou compras – Mel decidiu aceitar sua tentativa de mudar de assunto. Uma viagem com a família seria algo que faria bem a saúde dele.

— Se ela não quiser ir, iremos apenas nós dois – apesar de usar a possibilidade de uma viagem como meio para desviar do assunto incomodo Carlos percebeu que realmente desejava férias com a filha.

— Combinado, mas isso não significa que pode descuidar da saúde.

— Combinado.

Terminaram o almoço e cada um seguiu seu caminho. Carlos voltou para o escritório onde teria uma pequena reunião e Mel seguiu para a casa de sua melhor amiga Sara, onde marcaram de se encontrar para tratar da viagem ao Rio de Janeiro.

A Banda

Como presente de aniversário meses adiantado; Carlos pagou para Mel a prometida viagem de um fim de semana para Sara e ela ao Rio de Janeiro onde assistiriam o show da banda Tay Brothers. Banda coreana que estava fazendo sucesso mundialmente.

A viagem foi muito tranquila e elas ficaram hospedadas no famoso Copacabana Palace.

No dia anterior ao show as duas estavam fazendo turismo pelo calçadão e tirando fotos quando foram abordadas por oito garotos coreanos. Mel percebeu na hora que eram os integrantes da banda, mas evitou dar uma de tiete[3]. O vocalista lindo e ruivo ao vê-las fazendo poses ao lado do monumento de Carlos Drummond de Andrade pediu sorridente:

— Podemos tirar algumas fotos com vocês?

O inglês dele era perfeito.

As garotas olharam para ele desconfiadas do motivo, mas Mel balançou a cabeça para indicar que eram bem-vindos. Afinal estavam ali para se divertir. E jamais perderia a chance de tirar fotos com os Tay Brothes.

Eles estavam vestidos com trajes leves por causa do intenso calor. Apenas dois deles usavam bonés. E todos tinham óculos escuros.

---

3. Tiete: termo utilizado no Brasil que designa alguém como admirador ou admiradora fanática por alguém, geralmente um artista, atleta ou político; pessoas famosas.

Sara e Mel também não estavam apenas com trajes de banho. Os biquínis estavam debaixo do short jeans surrados e das camisetas que usavam quase como duas gêmeas. A única diferença nas roupas eram as cores. O jeans de Mel era tingido de preto e a camiseta era verde. Já Sara usava jeans azul e camiseta amarela.

Logo estavam tirando várias fotos e conversando animadamente. Compraram sorvetes de casquinha e passeavam pela orla de Copacabana como se fossem um grupo de amigos de férias.

Algumas fãs se aventuravam a ir até eles pedir autógrafos ou para tirar fotos, e eram recebidas com muito carinho. E saíam suspirando.

O tempo todo eles chamavam Sara de Loirinha e Mel de Morena, e faziam perguntas sobre os costumes brasileiros.

Em alguns momentos eles conversavam em coreano crentes de que elas não entendiam. Mel resolveu deixá-los com essa ilusão, afinal só falavam da beleza delas.

Infelizmente o momento de diversão acabou, rápido demais, quando eles receberam uma ligação do agente e foram encontrá-lo em um restaurante.

Assim que eles partiram as duas amigas determinaram que já tinham fotos suficientes do passeio e decidiram voltar.

— O que eles estavam dizendo naquela língua estranha? – Sara perguntou enquanto seguiam para o hotel onde almoçariam antes de curtir um pouco mais a cidade após descansar.

— Estavam falando da nossa beleza típica brasileira e rindo por poderem falar qualquer coisa na língua deles sem que entendêssemos. Também estavam felizes por não serem reconhecidos, pois assim puderam se divertir com duas "gatinhas" – Mel fiz um sinal com os dedos para indicar as aspas da palavra gatinhas.

— Devia tê-los desmascarados – fez uma pausa como se faltasse algo na explicação. – Como assim reconhecidos?

— Eles são os integrantes da banda que viemos assistir – respondeu como se fosse a coisa mais corriqueira do universo. Tinha dificuldade em aceitar que a amiga estava distraída o bastante para não perceber, mesmo que as fãs que se aproximaram deles fossem discretas.

Sara gostava das músicas, mas não era fã a ponto de reconhecê-los na rua. E estava ocupada demais "babando" na beleza deles para se preocupar em saber quem eram as pessoas que se aproximavam.

— Não posso crer! – parou na frente da amiga.

Mel apenas riu da expressão dela.

— Se eu soubesse teria abraçado bem mais aqueles gatinhos de olhos puxados – andava de ré para olhar para a amiga enquanto falava. – Devia ter me contato. Se falasse em português eles nem entenderiam.

— Você tem várias fotos com eles. E nem precisou se esforçar para conseguir. Se dê por satisfeita – Mel parou temendo que Sara caísse se continuasse andando de ré.

— Até os coreanos reconhecem nossa beleza.

Voltando a virar para caminhar corretamente, abraçou a cintura de Mel e apressou o passo.

— Vamos! Quero postar essas fotos e matar minhas colegas de inveja.

— Poste, mas não cita o nome da banda. Coloque algo como "curtindo com os amigos". Vamos ver quem vai ser o primeiro a descobrir a identidade dos nossos "amigos".

Riram.

A postagem foi um sucesso. Sara conseguiu o que queria. A palavra inveja foi o que mais apareceu nos comentários.

Continuaram o fim de semana de diversão. No dia do show apesar dos excelentes lugares não conseguiram se aproximar muito da banda porque as outras fãs eram bem mais atrevidas e se aglomeravam perto do palco. Mesmo as da aérea VIP.

— Da próxima vez quero ingresso com lugares no palco – Sara gritou para a amiga ouvir.

— Eu também – Mel confessou.

Sentiu falta da tarde com os garotos da banda e principalmente do líder deles, Kwan. Ele parecia disposto a esclarecer tudo que ela questionava sobre a Coreia do Sul. Era o mais atencioso dos oito.

Curtiram o show como fãs normais, mas o momento descontraído com a banda ficou reservado na gaveta de suas melhores lembranças.

Quando estavam fazendo checkout no hotel as amigas tiveram uma surpresa agradável. Kwan apareceu para entregar um CD a funcionária que era fã da banda.

Logo que ele as viu reconheceu.

— Que surpresa maravilhosa ver minhas amigas brasileiras antes de partir. Se soubesse que estavam no mesmo hotel as teria procurado para mais fotos e mais papos. – comentou em inglês.

— Também não sabíamos que estariam aqui. É uma pena esse desencontro! – foi Sara quem respondeu na mesma língua. Estava muito animada com a descoberta de que ele era o líder da banda.

— Não tem problemas. Me passem os contatos do Instagram de vocês, assim vou poder saber mais sobre as lindas meninas brasileiras.

Sara anotou em um pedaço de papel que a recepcionista forneceu e entregou para ele.

O tempo todo Mel apenas acompanhava a conversa dos dois. Estava se divertindo vendo a amiga se divertir.

— Foi um prazer – se despediram quando o táxi que elas pediram chegou.

Depois de conhecerem pessoas tão animadas e educadas como os integrantes da Tay Brothers, Mel e Sara conseguiram se apaixonar um pouco mais pelo universo K-pop.

Cai a máscara

Enquanto as duas amigas se divertem com a banda no Rio de Janeiro uma conversa desperta a ambição adormecida de uma mulher.

Jocasta com seus cabelos loiros e pele branca sempre fora ambiciosa. Escolhia as pessoas com quem convivia pelo saldo no banco não por afinidades. Carlos era seu terceiro marido. O primeiro suicidou-se depois de perder tudo que possuía em jogos de azar. Mas ela não teve tempo de sofrer muito, pois o patrão do seu falecido marido embevecido por sua beleza e sua frágil situação decidiu cuidar dela e do filho recém-nascido que o falecido deixou. O que ele não sabia é que ela foi a responsável por seu finado marido entrar no mundo dos jogos. Ela exigia dele um status que seu cargo não permitia. Exigia festas constantes e extravagantes, viagens caríssimas e joias que usava uma vez ou outra. O medo de perder a esposa depois que ela descobrisse que não tinha mais dinheiro o levou a pular do terraço da empresa onde trabalhava. A queda de um prédio de doze andares foi fatal.

O segundo marido descobriu que estava sendo sugado quando começou a fazer empréstimos e roubar da própria empresa. Mas não havia retorno, estava enfeitiçado e amava a filha que tiveram.

Não demorou para a falência bater na porta. E depois de uma bebedeira ele jogou na cara de Jocasta quem ela era e acabaram em uma discussão que terminou com ele sendo empurrado e caindo os lances de escadas em direção à morte.

Depois de ouvirem a esposa, as autoridades determinaram que a morte do empresário ocorreu devido a quebra do pescoço durante a queda causada pela embriaguez.

Para sua sorte o sócio do seu segundo falecido marido conseguiu salvar a empresa evitando que ela tivesse que desfazer da casa e do pequeno saldo no banco para pagar as dívidas, contudo não podia mais se dar ao luxo de esbanjar dinheiro. Vivia apenas com uma mesada que recebia da empresa em consideração aos anos em que o finado marido esteve à frente dos negócios.

Após casamentos conturbados, os anos ao lado de Carlos foram tranquilos, pois por mais que Jocasta gastasse, o dinheiro dele parecia render mais e mais. Por causa desse dinheiro não tinha dificuldades em fingir gostar da filha dele. E além da riqueza ainda podia exibir a beleza do marido.

Ela ouvia as palavras da "amiga" enquanto lembrava de seu passado. Seu sangue fervia.

— Você devia mandar seu marido comprar aquele clube só para expulsar aquela desqualificada – falavam sobre uma frequentadora do clube *Sombra e Água* que esbarrou em Jocasta acidentalmente fazendo com que o vinho que tomava derramasse sobre o vestido claro que usava.

Naquele dia ela fez um escândalo no clube. Foi nesse dia que a mulher ambiciosa que causou a morte de seus maridos anteriores acordou dentro dela. Começou a se sentir inferior, começou a sentir que tinha pouco e quando voltou para sua casa estava decidida a fazer o marido comprar o clube.

Estava certa que Carlos não se negaria a satisfazer um desejo seu se soubesse como pedir.

Aproveitou que Mel só chegaria na manhã seguinte e preparou um jantar especial cheio de segundas intenções.

Se vestiu elegantemente e esperou Carlos tomar seu banho e descer para acompanhá-la.

O jantar estava indo bem até ela comentar sobre o acontecido no clube e seu desejo de comprá-lo. Mesmo conhecendo seu marido em nenhum momento pensou que ele poderia rejeitar a ideia. Em sua mente aquilo era o certo a se fazer porque se sentia ofendida.

Carlos ouvia todo o relato dela sem exibir nenhuma reação até que ela perguntou:

— O que você acha dessa situação?

Ele a olhou como se a visse pela primeira vez. Não esperava que depois de tantos anos juntos fosse descobrir um lado tão egoísta na esposa mesmo conhecendo seus defeitos.

— Quem é você? – continuava a encarando.

— Como?

— Você sempre foi tão mesquinha ou eu te deixei assim? – as perguntas eram dirigidas a ele mesmo. – Onde já se viu querer comprar um clube apenas para expulsar uma pessoa, seja lá por qual motivo?

Ele estava decepcionado, indignado.

Jocasta apenas o olhava incrédula.

— Perdi o apetite – ele comentou ao perceber que nada do que ela dissesse mudaria a decepção.

Levantou disposto a ir para a biblioteca ou qualquer outro lugar onde ela não estivesse naquele momento.

Ainda incrédula Jocasta o seguiu.

— Espere. Você está me repreendendo? Me julgando?

Ele continuou andando, mas ela repetiu a pergunta e ele parou perto do início das escadas ciente de que devia enfrentá-la de uma vez.

— Jocasta não estou te julgando. Estou julgando essa atitude absurda que quer tomar.

— Não tem nada de absurdo. Nós temos dinheiro suficiente para nos dar esse luxo.

— O meu dinheiro não é para ser usado em coisas tão mesquinhas.

Suas palavras a atingiram como um tapa.

— O seu dinheiro? Agora entendi. Eu não posso me dar ao luxo de usar o seu dinheiro. A única pessoa que pode fazer isso é a coisinha da sua filha.

Carlos percebeu que ela estava alterada e tentou trazê-la a razão.

— Por favor, não fale assim. Não quero me decepcionar ainda mais com você.

— Eu é que devia estar decepcionada. Duvido que se aquela garota estivesse pedindo isso você não faria.

— Minha filha jamais pediria algo assim.

— Foi por isso que se casou comigo em separação de bens? – Jocasta ignorou seu comentário. – Foi para garantir que fiquemos a mercê daquela sonsa?

Sem perceber Carlos a estava segurando pelos ombros.

— Pare de ofender minha filha – ele não estava acreditando no que estava acontecendo. – Vamos conversar em outro momento. Estamos bastante alterados.

Ele sempre soube que Jocasta não era uma mulher perfeita, que gastava muito em futilidades, que não se dava bem com os empregados; mas ela sempre cuidou bem de Mel. Ouvi-la falando daquele jeito como se a visse como um inimigo o deixava tão nervoso que sentia falta de ar e uma sensação de peso no peito.

Tentou se afastar e subir para o quarto desistindo da biblioteca, mas Jocasta o segurou pelo braço.

— Eu ainda não acabei de falar. Seja homem e não me trate como uma qualquer. Não está falando com a vagabunda da sua ex-mulher morta.

Jocasta estava sendo cruel de propósito. Ficou fora de si quando percebeu que não podia manipulá-lo, e ver ele segurando o peito com uma mão enquanto a olhava como se não a reconhecesse a fez lembrar do princípio de infarto. Sua mente trabalhou rapidamente sobre como seria se ele morresse e gostou da perspectiva, afinal sempre amou seu dinheiro e poder. Seria mais fácil controlar esse dinheiro sem ele por perto. Mel seria um alvo fácil, principalmente triste pela morte do pai.

— Pare de me olhar como se nunca tivesse me visto. Só falta dizer que não sabia que o que me atraiu em você foi seu dinheiro. Só falta achar que foi sua filha ridícula ou sua historinha de viúvo triste.

— Sua... – Carlos levantou a mão para ela, mas não conseguiu atingi-la. Não tinha forças.

Jocasta continuou provocando:

— Está mesmo na hora de você morrer. Aproveita e leva sua filha ridícula e a lembrança da sua esposa morta. De você eu só queria o dinheiro mesmo. Tenho nojo de você e odeio sua filha amada. Por que não cai de uma vez para nunca mais levantar?

Ele realmente caiu no chão sentindo falta de ar e o peito cada vez mais pesado. A última coisa que viu foi o mordomo Herick correndo na direção deles.

Morte em diferentes continentes

São Paulo

Mel chegou animada para mostrar as fotos da viagem ao pai.

Mesmo que ele não estivesse em casa iria até a sede da empresa. Precisava mostrar as fotos que tirou com a banda. Ele ficaria feliz mesmo não conhecendo nada do mundo K-pop.

Achou estranho a movimentação na casa. Seu coração começou a gelar quando viu o médico amigo de seu pai descer as escadas e sua madrasta ao lado dele chorando.

Quando ela viu Mel seu choro aumentou.

Mel jogou a mochila no chão e correu até eles preocupada.

— O que houve? – seu coração estava apertado. Lágrimas desciam de seus olhos involuntariamente.

Viu no rosto deles que a notícia não era boa.

— Providencie o transporte do corpo, por favor. O velório será na sede e o enterro ocorrerá o mais breve possível. Não tenho forças para providenciar essas coisas – Jocasta pediu ao médico antes de se virar para Mel.

— Criança, venha comigo. Vamos sentar para que eu conte o que houve – pediu com a voz fraca de quem chorou muito.

— Onde papai está? – perguntou desconfiada. – Quem vai ser enterrado?

— Vamos nos sentar, por favor. – Jocasta insistiu.

— Não. Eu quero ver o meu pai agora! Onde ele está? Fala logo!

Mel sentiu um imenso desespero e correu escada acima, mas foi detida pelo Dr. Anderson que a segurou firme pelo braço e a abraçou.

Suas lágrimas molhavam a camisa cara dele. Ela sentia que alguma coisa tinha acontecido com seu pai e não conseguia parar de chorar. As lágrimas desciam grossas alcançando seu pescoço.

— Onde está meu pai? Onde está meu pai? Onde está meu pai? Onde está meu pai? – repetia sem parar.

— Seu pai está morto! – o grito de Jocasta percorreu um longo caminho até chegar a consciência da garota.

— Não está! Ele prometeu que viajaríamos juntos. Por que estão mentindo? Por que?

Havia tanta angustia em sua voz que o Dr. Anderson sentiu lágrimas em seus olhos.

Mel levantou o rosto determinada e correu escada acima até o quarto do pai.

— Ele está apenas dormindo – ajoelhou-se ao lado da cama e abraçou o corpo de Carlos cantando uma canção de ninar coreana que ele aprendeu por ela.

Depois de alguns minutos Dr. Anderson entrou no quarto com algumas pessoas estranhas para levar o corpo. Acabou sendo obrigado a aplicar uma injeção para ela dormir, pois não deixava que levassem o pai.

Em sua sonolência Mel ouviu a voz do médico dizendo:

— Uma grande perda. Imagino que seria evitada se tivessem chamado uma ambulância e não eu. A mulher dele disse apenas que ele tinha desmaiado e pediu que eu viesse. Não demonstrou em nenhum instante que era urgente. Se tivesse feito isso eu teria chamado uma ambulância e jamais ficaria ouvindo música preso no trânsito. Chego a me sentir culpado.

E ela não ouviu mais nada por longas horas.

Seul

No dia em que Lee Kang Dae deveria comemorar mais um ano de vida recebia os pêsames de seus amigos, dos funcionários de todas as filiais da empresa e de pessoas que sequer sabia quem eram ou de onde vinham.

Seu coração parecia estar sendo perfurado por inúmeras navalhas. A culpa sobrepunha a tristeza.

Lembrou-se da última conversa que teve com o pai.

— O seu aniversário de vinte e dois anos é amanhã. Planejei de irmos pescar na casa do lago.

— Minha mãe vai viajar nesse aniversário também? – ele não conseguia ficar feliz nessa data.

— Sinto muito, meu filho.

Lee balançou a cabeça indignado. Não conseguia entender porque não recordava de nenhum aniversário em que sua mãe estivesse presente. Acreditava que fosse algum tipo de punição, mas nunca se atreveu a perguntar.

— Não quero pescar. Não farei nada nesse aniversário – por fim decidiu desistir de comemorar essa data.

O semblante de seu pai se encheu de tristeza.

— Já programei ter esse dia de folga para comemoramos juntos. Vou estar no lago pescando se mudar de ideia – não quis pressionar o filho. Apenas deu uma escolha para ele. Como sempre fazia.

— Não vou mudar.

E não mudou. Como resultado estava velando o corpo de seu pai.

Jamais esqueceria que não estava lá para salvá-lo quando ele estava lá por ele.

Perdeu a única pessoa que demonstrava se importar com seus sentimentos.

Seu pai era seu exemplo. Foi quem o ensinou o valor de cada funcionário e evitou que sua mãe o transformasse em um ser humano egoísta e mimado. Ele acabou virando um meio termo entre os desejos de seus pais.

Naquele momento era difícil manter a aparência de homem forte quando por dentro seu coração doía.

Ver o seu pai morto em um caixão trazia a maior dor que Lee já suportou. O tempo em que passou recebendo as condolências foi pior que qualquer tortura.

Quando se viu sozinho com o corpo do seu pai deixou enfim a máscara cair. Desabou de joelhos apoiado no caixão.

— Sinto muito. Sinto tanto. Me perdoe – sua voz saia baixa, sem forças.

— Por que teve que partir tão cedo? Não sei se conseguirei cuidar sozinho de tudo que o senhor ama.

As lágrimas desciam livremente. Era difícil aceitar que seu pai havia perdido a vida para uma das poucas coisas que não sabia fazer: nadar.

Ele pescava sozinho no lago quando escorregou e caiu na água. A mania de não usar colete no barco, mesmo que fosse necessário para sua segurança, e o tempo que os funcionários demoraram para tirá-lo da água foi fatal.

Seu pai era a única pessoa que o aceitava, que estava com ele nas datas mais importantes. Agora estava completamente sozinho. Um imenso vazio se apossou do seu peito.

Para completar sua solidão sabia que não podia contar com sua mãe para manter o patrimônio deles. Ela administrava a família com mãos de ferro, mas não sabia nada sobre os negócios do marido apesar de fingir muito bem.

Decidido Lee levantou, enxugou as lágrimas e fez uma promessa:

— Pai, fique tranquilo. Prometo que vou deixá-lo orgulhoso. Prometo que serei tão justo e honesto como o senhor foi. E suas conquistas jamais se perderão.

Decepção

— Onde está você sua câmera fujona? – Mel falava alto como se a câmera pudesse responder.

Procurava o pequeno robô que ganhou do pai quando fez quinze anos. Sempre usava para observar ele no trabalho através do computador. Depois de procurar na sala de jogos voltou para o seu quarto na esperança de ter deixado algum canto sem procurar.

O robô era em formato de um pequeno poodle, por isso Vanessa costumava tirar do lugar. Quase sempre levava para o seu quarto. Ela ama animais.

Mel ligou o notebook. Se a câmera estivesse ligada saberia onde estava de acordo com o lugar que filmava.

Através da tela viu sua madrasta e Lucas sentados confortavelmente nas poltronas vermelhas da biblioteca conversando. Deixou o computador ligado até perceber que eles saíram de lá para buscar o objeto. Não queria interromper.

Sempre soube que a madrasta tinha uma preferência pelo filho mais velho. Não podia critica-la, pois também tinha uma certa preferência por Lucas. Um sentimento que se transformou em amor, mas um amor só dela. Nunca teve coragem de se declarar.

O fato de crescerem juntos como irmãos tornava mais difícil se declarar, mas não impedia que ela buscasse todas as formas de estar com ele mesmo que como irmãos.

Quando descobriu os doramas já era apaixonada por Lucas. Não olhava mais para os meninos do colégio. Apenas o filho da sua madrasta ofuscava sua paixão pelos mocinhos dos dramas. Sempre brincava dizendo que se casariam um dia.

Apesar de sua paixão pelos orientais o coração de Mel sempre bateu mais forte por Lucas, mas ele a tratava da mesma forma que tratava a irmã de sangue.

Quando fez a lista das dez coisas que queria fazer na Coreia do Sul Mel torcia para realizá-las com ele. O sonho dela seria completo se seu primeiro beijo fosse em Seul e roubado por Lucas.

Apesar de sua vontade de permanecer olhando a imagem dele na tela; para não bisbilhotar deixou o notebook na cama, pegou um livro e aguardou as vozes silenciarem, porém ouviu seu nome e não resistiu a curiosidade. Sentou na frente do notebook e observou a cena da tela.

Sua madrasta dizia:

— O pai dela deixou tudo para ela. Eu sei o que consta naquele testamento. E mesmo se não constasse, nos casamos em separação de bens. Ela pode nos manter se quiser. Se não quiser não há nada que possamos fazer.

— Ela nunca nos deixaria na rua, mãe. E mesmo que houvesse essa possibilidade não somos exatamente desafortunados. Eu ainda trabalho na empresa do Carlos e a senhora tem o dinheiro que acumulou das mesadas dele.

— Acha mesmo que guardei dinheiro? – Jocasta estava nervosa.

Lucas não respondeu e ela continuou:

— Eu tenho uma imagem a zelar e sempre contei com meu marido.

— Quer dizer que a senhora mentiu quando disse que guardava? – Lucas não parecia surpreso.

— Sim – foi sincera.

— Não posso acreditar.

— A única solução para que eu possa manter meu estilo de vida é você se casando com ela em união de bens – ignorou o comentário do filho.

— Mesmo em união de bens enquanto Mel estiver viva vai poder se opor a gastos que não concordar. Assim como o pai dela se opôs a alguns gastos extravagantes da senhora. Não pense que vai ser diferente. Ela não é ingênua.

Foi exatamente por isso que ele morreu – pensou sem nenhum arrependimento.

— Você gosta dela? – as sobrancelhas de Jocasta se levantaram interrogativamente.

— Que tipo de pergunta é essa? Quer saber se tenho algum sentimento amoroso por ela?

— Exatamente. Eu sei que ela tem uma queda por você. Aliás, todo mundo sabe que ela te segue como um cachorrinho.

— Não temos nada. Ela é apaixonada por mim, mas apesar de ser linda e inteligente não me conquista porque já tenho outra pessoa em minha vida – a personalidade dele impedia de fazer rodeios. Essa personalidade decidida e o fato de ser um lindo exemplar de homem loiro com olhos azuis, era o que atraia Mel para o amor platônico.

— Quem é essa mulher?

— Não é uma mulher. Pare de fingir que não conhece minha opção sexual.

Ela sabia, mas Mel não. A realidade de que nunca teria chance de conquistar seu primeiro amor a deixou triste.

— Eu conheço seu gosto, então não minta sobre sua índole. Você somente atura aquela garota porque é conveniente. Porque ela sempre foi a única herdeira da fortuna dos Bittencourt. Não é amigo dela e sim da fortuna dela.

— Vai logo ao ponto – as verdades que ela dizia incomodava. Ele gostava de pensar que era um bom irmão.

— Eu quero que se case com ela – Jocasta falou pausadamente.

— Por que exatamente deseja isso?

— Quero que case com ela e vamos herdar a fortuna após a sua morte – falava como se fosse um assunto qualquer do cotidiano.

— Quando ela morrer a senhora será uma velha. Nem vai ter chance de curtir a situação de herdeira – Lucas não entendia a lógica da mãe.

— Não vai demorar muito para ela morrer após o casamento.

— O que planeja? – perguntou desconfiado das intenções dela. Ela sempre foi ambiciosa, mas o brilho em seu olhar estava mais intenso. Quase de forma assustadora.

— Ela não sabe nadar. Nada impede que um acidente no iate ocorra durante a lua de mel ou depois.

— Fale claramente.

— Vamos causar um acidente logo após o casamento – decidiu ser clara. Não adiantava fazer rodeios. – Você vai pedi-la em casamento e seguir os planos sim ou não?

Lucas pensou por alguns longos segundos. Não sabia que do outro lado da câmera alguém esperava ansiosa por sua resposta.

— Como queira – respondeu sem pestanejar. Não tinha nada contra Mel, mas pensar em ser o único dono de toda a fortuna Bittencourt era algo que até acelerava seus batimentos. Herdou a ambição de sua mãe.

— Sabia que teria essa resposta. Daqui alguns meses você será o viúvo mais cobiçado do Brasil.

Na outra sala lentamente Mel fechou a tampa do notebook. Não esperou para ver como seria o desfecho daquela conversa. Só uma coisa ecoava em sua mente: *Eles querem me matar.*

O Pedido

Depois de ver a gravação de sua madrasta e do homem que sempre achou que era seu príncipe encantado planejando sua morte, Mel andava distraída e com medo. A tristeza que sentiu ao saber que Lucas nunca iria gostar dela por causa de sua opção sexual não era nada comparado a dor de saber que a família que ela pensava ter nunca a considerou mais que um meio de conseguir dinheiro.

Se pegava pensando se Vanessa tinha a mesma opinião que o irmão e a mãe. Imaginava que não. Nas poucas vezes que se encontravam ela agia como sempre, como uma irmã; mas Mel tinha suas dúvidas.

Passou a ficar o máximo de tempo que podia na empresa aprendendo com Cleiton, o vice-presidente da VCA. Não comia mais em casa e trancava seu quarto todas as noites mesmo sabendo que eles queriam que parecesse um acidente e que tinha que ser depois do casamento.

Desejou ter gravado tudo que ouviu, mas não teve sorte. Teria gravado se esperasse que algo tão surreal pudesse acontecer.

Decidiu não fazer nada, fingir que estava tudo igual até que Lucas a pedisse em casamento; isso seria a confirmação de que realmente planejavam sua morte.

Infelizmente sua espera não durou muito.

Estava na biblioteca colocando em ordem alguns livros em coreano que comprou quando Lucas entrou.

Ele vestia o uniforme azul e branco do clube de tênis. Estava lindo como sempre, mas ao vê-lo Mel não sentia a mesma emoção que antes. O amor se transformou em decepção.

— Como você está? – perguntou deixando as coisas do treino em uma poltrona e aproximando-se. – Gostaria de vê-la com roupas coloridas novamente.

Distraída Mel olhou seu próprio corpo coberto por um vestido preto. Era essa a cor que usava desde a morte do pai e não tinha vontade alguma de mudar.

— Ainda não acredito que meu pai me deixou – tentou não pensar muito sobre os planos de casamento e morte que tinha escutado.

— Estamos aqui por você. Mamãe, Vanessa e eu; somos sua família. É uma pena que estou suado, pois gostaria de te dar um abraço apertado agora.

— Não ligo que esteja suado – Mel sabia que essa seria sua resposta antes daquele vídeo.

Fez exatamente o que ele esperava. Aceitou o abraço enquanto percebia que toda a admiração que sentia por ele havia desaparecido por completo. Seu primeiro amor era alguém completamente diferente de suas idealizações.

— Precisamos conversar – ele se afastou um pouco para olhá-la depois de falar.

Sem nenhum constrangimento Lucas decidiu seguir os planos de sua mãe. Não arriscaria perder todo o luxo que tinha só porque a família Bitencourt os acolheu e sempre foram bons com eles. Estava longe de abrir mão de ter as melhores companhias que o dinheiro podia comprar.

Mel guardou o livro que tinha em mãos e se sentou na poltrona mais próxima. Era um convite para que ele dissesse o que pretendia.

Para seu desespero Lucas ajoelhou a sua frente e estendeu uma pequena caixa aberta. O anel brilhava solitário no veludo preto.

— Sei que devíamos começar com um namoro e depois partirmos para um possível casamento, mas depois do que aconteceu percebo que a vida é muito curta para ficar esperando – não havia emoção no tom de voz de Lucas por mais que ele se esforçasse para demonstrar o contrário. – Sempre gostei de você de um jeito especial. É um amor bem maior que o de irmãos.

Esperava que a paixão dela fosse suficiente para não perceber sua falta de entusiasmo.

— Você está me pedindo em casamento? – ouvir o pedido fez com que nuvens negras cobrissem o coração de Mel. Todo o amor que um dia sentiu por Lucas evaporou deixando apenas uma sensação de nojo e desprezo.

Ela mal ouvia as palavras dele.

— Apesar dos trajes e o cenário não serem os melhores, estou sim. Você me aceita?

A cada palavra que ouvia Mel sentia dor. Sua decepção era como uma espada atravessando seu peito. Estava sendo traída pelas poucas pessoas em que confiava.

Respirou fundo e disse tão baixo que ele teve que se esforçar para ouvir:

— Eu sempre atormentei você com perseguições dizendo que um dia nos casaríamos, mas nunca consegui visualizar essa cena.

Lucas permanecia em silêncio atento as respostas. Não podia aceitar um não. Depois de concordar com o plano da mãe sentia-se obrigado a seguir os passos sem falhas.

Disposta a entrar no jogo Mel comentou para ganhar tempo:

— Eu gosto muito de você, sabe disso. Mas não posso permitir que se envolva em um relacionamento comigo somente por pena, por causa da minha tristeza. Vamos fazer assim: guarde esse anel e pense nos próximos dias. Depois disso vamos sair para jantar em um lugar bem

legal e se ainda quiser casar comigo aceitarei sem pestanejar.

Satisfeito Lucas fechou a caixinha e se levantou. Tinha sua resposta.

Ela me ama como sempre – pensou satisfeito.

Sorrindo respondeu:

— Farei como deseja. Prepare-se para virar a senhora
Bittencourt Castilho.

Na cabeça de Mel um plano de fuga se formava. Sairia
de perto deles o mais rápido possível e quando estivesse
bem longe procuraria uma forma de desmascará-los.

Pesadelo

Seul, duas semanas após o enterro

Três horas da madrugada.

Lee rolava na imensa cama. Queria acordar daquele terrível sonho que todas as noites o assombrava desde a morte de seu pai.

Sonhava que estava no barco vendo seu pai se afogando, mas o barco parecia preso a uma estrutura de vidro e essa estrutura cobria todo o lago. Tudo que ele tentava usar para quebrar o vidro era inútil e se despedaçava em suas mãos. O rosto de seu pai apavorado enquanto batia desesperadamente no vidro fazia com que a versão criança de Lee caísse de joelhos no barco. E fazia com que o Lee que estava dormindo agonizasse e rolasse pela cama.

O menino gritou ao ver o pai sucumbir. O homem gritou e acordou do pesadelo.

Estava suado e respirava com dificuldade. Demorou para se situar em seu próprio quarto e, quando por fim, se acalmou a realidade também não foi agradável. A mulher que estava ao seu lado na cama parecia ainda em sono profundo.

— Como não acordou? – perguntou para o corpo adormecido. – Mulher inútil. Não sei porque não te afasto de uma vez!

Ele sabia sim. Porque ela foi escolhida por sua mãe para ele. E deixar sua mãe feliz era praticamente seu objetivo na vida.

Com raiva por ela estar alheia aos sentimentos, que ele mesmo escondia, decidiu que não queria mais acordar ao lado dela. Mesmo que para todos os efeitos fosse sua noiva.

Começou a balançá-la.

— Acorde Eun-Kyung – ordenou quando ela começou a despertar.

— O que foi? – perguntou sonolenta.

— Não quero que vejam você sair do meu quarto de manhã. Principalmente minha mãe. Vá.

— Como assim? Não entrei escondido. Somos noivos.

— Não somos casados – passou as mãos nos cabelos. – E não vamos discutir o que somos ou o que não somos. Apenas vá embora.

Com raiva ela levantou e começou a pegar suas roupas e vesti-las.

Não disse nada. Estava magoada demais para falar. Tentava sinceramente entender as atitudes dele, mas era algo que precisava de cooperação para conseguir. E isso ele não estava disposto a dar.

Se não fosse a promessa de casamento aturaria seu humor negro? – pensava.

A resposta era sim. O amor que sentia por ele era o tipo de amor destrutivo. Aquele tipo de sentimento que te obriga a fazer qualquer coisa para estar com a pessoa que deseja.

Sem se despedir ela fechou a porta devagar e seguiu até onde seu carro estava estacionado. Não viu ninguém pelo caminho e agradeceu por isso. Teria vergonha de ser vista saindo de madrugada da casa de alguém.

No carro ficou pensando em tudo que já fez por seus sentimentos por Lee. Principalmente como perdeu a virgindade com um dos melhores amigos dele apenas porque ele não queria ser o primeiro dela. Não antes do casamento.

Esse era um defeito dele, pois enquanto dizia que a respeitava saia com outras garotas.

Cada vez mais Eun-Kyung ficava incomodada com a situação de ser a noiva virgem de um homem *pegador*.

Cheia de ciúmes ela implorou para Kim Dong-sun livrá-la do empecilho. Tinha certeza de que se não fosse mais virgem Lee pensaria duas vezes antes de rejeitá-la.

Com a promessa de que nunca contaria que tinha sido com ele Kim Dong-sun aceitou, depois que sua tentativa de convencê-la de que não precisava fazer aquilo falhou. No fundo ele tinha pena da menina que mesmo virando mulher ainda corria atrás do homem que não se importava com seus sentimentos.

Ela também não se importava, só queria estar com Lee.

Por causa da sua loucura não teve dificuldades em convencê-lo a transarem.

Ela lembrava perfeitamente as palavras dele.

— Você fez o que? – a incredulidade estava estampada em sua face.

Ela tinha entrado sorrateiramente no quarto dele e esperou na cama com uma camisola insinuante. Quando ele chegou revelou que não era mais virgem e que podiam ficar juntos.

— Me livrei do que me impedia de estar com você – respondeu com se fosse a coisa mais simples do planeta.

— Eu não sei se te expulso ou se caio na gargalhada. Você é completamente insana, sabia?

Como resposta ela levantou, foi até ele e o abraçou pela cintura antes de falar:

— Eu disse que te amo. Que faço qualquer coisa por você.

Se sentindo culpado Lee aceitou seu abraço. Era responsável pelo que ela fez, pois como noivo não deveria procurar prazer em outras mulheres quando ela estava disposta a oferecer. Ainda mais com a desculpa ridícula de que ela deveria se casar virgem. No fundo ele não a amava como deveria. Essa era a verdade.

— Devia ter me dito que era tão importante assim – decidiu aceitar suas responsabilidades.

— Você não teria escutado.

Ele riu. Não tinha como negar que ela estava certa.

— Não quero saber com quem foi. Só me prometa que não vai mais fazer algo do tipo.

Ela levantou a cabeça e o encarrou:

— Só vou fazer com você. Vai me aceitar agora?

— Sim. E vou te ouvir das próximas vezes para não chegar a atos tão extremos.

Ele a levou para a cama e durante muito tempo foi a única a transar com ele, mas isso acontecia cada vez menos e ele se tornava cada vez mais frio. Não conseguia fazê-lo se apaixonar. Isso a deixava frustrada, com ciúmes de tudo e de todos, ansiosa e obcecada.

Apesar de ele nunca falar em terminar o noivado esse era seu maior medo. Depois de ser praticamente expulsa da cama dele decidiu procurar sua futura sogra para marcar de uma vez por todas a data do casamento; e o mais breve possível.

Depois que ela saiu com seus pensamentos e lembranças; Lee permaneceu sentado na cama e viu o sol nascer através das cortinas. Não estava assim por ter expulsado a noiva. Estava assim porque sempre que era despertado do pesadelo perdia o sono e ficava perturbado.

Juga

Depois de alguns dias pensando Mel decidiu o que fazer. Pegou sua bolsa e foi visitar um amigo.

— Romulo, preciso de um imenso favor seu – declarou assim que entrou.

O apartamento de Romulo era uma zona. Havia computadores, papéis e máquinas que Mel sequer sabia nomear espalhados por todo local; inclusive no chão.

— Por você qualquer coisa. Mas vamos começar pelo princípio. Bom dia! Como você está meu amigo? – brincou.

— Desculpe, meu amigo. Estou vivendo meus piores dias nesse mês. Como você está? – falou ainda em pé no meio da sala.

— Estou bem. Diga-me, o que precisa?

Eram amigos desde o ensino fundamental quando ele e a irmã Sara conseguiram uma bolsa para estudar na escola que Mel frequentava. Ficaram amigos no primeiro dia e nunca deixaram a amizade morrer.

Romulo sempre foi muito inteligente, mas não possuía dinheiro para bancar a aventura de viver com seu dom. Mel financiou o início de sua carreira e logo ele estava criando e testando sistemas de segurança tecnológica para várias empresas.

— Preciso de uma identidade, passaporte e vistos falsos para estudante em Seul – declarou.

Além de *hacker* ele possuía a habilidade que muitos criminosos dariam tudo para ter, fabricar documentos falsos perfeitos. Começou com identidade para mentir a idade, mas depois de fazer amizade com um funcionário da Agência de Segurança Nacional acabou sendo recrutado para alguns trabalhos na agência. Trabalhos sobre os quais não falava. Mel só sabia que ele podia fazer porque conhecia suas habilidades.

— Posso perguntar o motivo dessa aventura? – ele se jogou no sofá por cima de alguns papeis e tirou os óculos forçando a vista em direção a ela. Os cabelos castanhos molhados indicava que havia acabado de sair do banho.

— Meu amigo, infelizmente não é uma aventura. Vou te contar, mas peço que não comente nem com a Sara.

Romulo apenas assentiu. Era um homem de poucas palavras. Um precoce gênio de vinte e dois anos, corpo de atleta e poucas palavras.

Mel contou para ele tudo que ouviu e sobre o pedido de casamento de Lucas.

— Na minha opinião fugir não é uma ideia muito boa. Você tem é que desmascarar esses dois e colocá-los na prisão – disse pensativo.

— O problema é que não tenho provas. Preciso de tempo para pensar em como proceder. Estou muito confusa.

— Pode contar comigo – colocou novamente os óculos. – Espera, como assim não tem provas? Não gravou com sua câmera?

— Veja – tirou a câmera da mochila e entregou a ele.

Romulo conectou a câmera no notebook e mexeu durante alguns minutos, depois olhou para ela com uma interrogação estampada no rosto.

— Não estava gravando na hora. Sabe quando você liga uma câmera e não clica em **rec**? Foi exatamente isso que aconteceu – respondeu ao que ele não colocou em palavras. – Tinha esperança que você encontrasse algo.

— Infelizmente devo dizer que realmente não tem provas.

— Mas eu posso ter. Só preciso de um tempo. Sequer sei como meu corpo está de pé aqui. Preciso ficar longe deles por alguns meses para me recompor. Não estou conseguindo pensar estando tão perto deles.

— Você me falou sobre o que ouviu de Lucas e Jocasta; mas e Vanessa? Ela também está metida nisso?

— Sinceramente não sei, mas quero muito acreditar que não.

— Não posso dizer que sei como se sente, mas posso dizer que vou te ajudar em tudo que for necessário. Irei descobrir se ela também está envolvida.

Sentando ao seu lado no sofá ela despejou o que pretendia fazer:

— Agradeço. Vou nomear sua irmã como minha representante através de uma procuração, manterei meu afastamento como férias. Depois de tudo o que perdi vão entender – uma lagrima ameaçou descer e ela piscou algumas vezes para espantá-la. – Jocasta só vai saber quando eu estiver no aeroporto quase entrando no avião. É de lá que vou disparar os e-mails com o memorando.

Como Romulo não demonstrou interesse em interromper ela continuou.

— Nesse memorando só vai informar que estarei ausente por alguns meses e que Sara vai ser responsável por qualquer contato comigo – enquanto ela falava os planos começavam a fazer sentido em sua cabeça. Não era mais apenas medo. Era sua decisão de como trataria aquela traição. — Na verdade vou ter contato somente com você. Você vai ficar encarregado de passar o que eu te pedir para Sara. Pode fazer isso?

— Claro. Vou seguir passo a passo tudo que me pedir. Enfim serei sua fada madrinha. Você sempre foi a minha – ele olhou Mel por alguns instantes e sorriu apesar da situação. A considerava sua irmãzinha. – Sei bem porque escolheu Seul. Sua dorameira!

Romulo era um dos que ela não conseguiu fazer assistir um dorama. Preferia jogos a TV, mas ela sempre insistia em convencê-lo a experimentar certa de que um dia conseguiria.

— Tenho alguns contatos lá e falo a língua deles.

Antes que ele pudesse questionar ela continuou:

— Não quero que todos saibam quem eu sou ou o saldo da minha conta no banco, então se puder providenciar uma bolsa de estudos vai seu muito bom. Assim posso começar meu curso de administração lá.

— Posso fazer qualquer coisa – falou convencido. – Tem algum nome que deseja usar?

— Alison – disse a primeira coisa que pensou.

— Algum motivo especial?

— Na verdade não. Esse nome me veio a cabeça agora, mas gostei. Principalmente porque ele serve para homem e mulher. Deve ser mais difícil de associar a mim.

— Sobrenome?

— Sei lá! Vim aqui para obter um documento falso, mas nem pensei nos detalhes. Pode usar Lima Soares.

— Anotado. Alison Lima Soares. Vou manter os primeiros nomes de seus pais e só mudar o sobrenome. Os outros dados como data de nascimento, vou manter os mesmos. Fica mais fácil mentir quando se baseia na verdade – riu. Sempre ficava animado quando fazia coisas desafiantes.

Recordando que havia uma remota possibilidade de ser reconhecida em outro país pediu:

— Mais uma coisa. Pode apagar tudo que existe sobre Mel Bittencourt da internet?

— Nem tudo, mas podemos sumir com as redes sociais e com jeitinho deixo quase como se nunca tivesse acessado a internet. Geralmente as pessoas buscam nos sites de pesquisa e nas redes sociais. Não vai ter problemas nesse aspecto. Só se um profissional decidir procurar mais a fundo.

— Obrigada! Prometo que vou te compensar de alguma forma. Apesar de que fica cada vez mais difícil já que não precisa mais de ajuda financeira.

— Pode deixar que penso em algo – disse simulando estar pensativo. – Entro em contato com você quando estiver tudo pronto. Agora vamos para aquilo que sempre te dou quando você me visita.

Depois de muitos dias triste Mel conseguiu sorrir de antecipação quando ele foi para a cozinha e voltou escondendo algo atrás do corpo.

Aparou no ar o pacote de pipoca de micro-ondas que ele jogou e correu para estourá-las enquanto Romulo acionava um botão e uma imensa tela aparecia na parede.

Nunca tinha saído do apartamento do amigo sem antes ver um filme ou dois na imensa tela.

Como ela estava muito triste ele escolheu o favorito dela: a trilogia *Samurai X*. Ficariam um bom tempo reféns daquele maravilhoso enredo.

Dias depois, Seul

Sun-hee estava ansiosa com o fim do expediente. O dia foi cansativo e o fato de sua colega ter se demitido para se casar era um dos motivos.

O restaurante de sopa *Recanto do Sabor* vivia lotado de pessoas de ressaca, estudantes, trabalhadores, e todo tipo de pessoas que procurassem um lugar para uma refeição em uma manhã reconfortante.

Serviam principalmente sopa de peixe desidratado, arroz e kimchi[4]. Raros clientes pediam pratos diferentes.

Um bom lugar para trabalhar apesar da correria. Um lugar com uma excelente e compreensiva dona que permitia trabalhadores de meio período para ajudar estudantes que precisam de renda.

A senhora Park além de empregá-los sempre tinha um conselho para quem buscava. Isso é o que Sun-hee mais apreciava nela e, por isso, sempre estava disponível para ajudar a empregadora. Inclusive trabalhando um pouco mais até ela conseguir uma nova funcionária.

Pensando em sua convidativa cama que a aguardava, ela deu um nó nos cabelos extremamente negros e lisos. Sempre fazia isso quando estava em seu limite.

O barulho da porta se abrindo fez com que soltasse um suspiro. Lembrou que não trancou a porta ansiosa por terminar a limpeza mais rápido.

— Estamos fechados – falou alto sem olhar na direção da porta.

— Até para amigas virtuais?

O rodo ficou imóvel. Não entendeu as palavras da pessoa, mas conhecia aquela língua, e mais que isso, conhecia aquela voz.

Olhou em direção a visitante que falava em português e gritou antes de correr para abraça-la:

— Melll.

A morena aceitou o abraço com satisfação.

— Por que não me disse que viria? – afastou-se para olhar a amiga. – Você é muito mais linda pessoalmente.

---

4. Kimchi: condimentos típicos da culinária da Coreia, com base em hortaliças. O kimchi é, muitas vezes, considerado como a "base da alimentação" dos coreanos, podendo ser consumido nas três refeições diárias. Trata-se de preparações em que se colocam os vegetais em salmoura durante várias horas e, a seguir, se envolvem com uma pasta feita com farinha de arroz, açúcar e vários temperos.

Abandonando provisoriamente o português e adotando o coreano Mel falou:

— Não foi muito planejado – sorria agradecida pelo elogio e pelo carinho da amiga. – Você também é muito mais linda. Parece uma bela boneca. Podemos conversar um pouco?

— Claro. Estou terminando aqui. Sente-se um pouco que já vamos para minha casa e conversaremos. Tem tanta coisa que quero saber sobre você, tanta coisa que quero te mostrar em Seul.

Mel sorriu para ela e se sentou. Permaneceu observando ela organizar algumas cadeiras enquanto recordava como começaram a se comunicar.

Aconteceu alguns anos atrás quando por acaso Mel respondeu a um comentário de Sun-hee em uma página sobre K-pop. Elas começaram a conversar sobre o assunto, depois passaram a trocar e-mails, mensagens e conversar pelo telefone e Skype. Quando perceberam já eram grandes amigas.

Dez minutos depois estavam de saída do restaurante, pegaram um ônibus e chegaram a casa de Sun-hee.

Depois que Sun-hee apresentou a amiga para a mãe, disponibilizou o banheiro para que ela tomasse um banho e a imitou tomando banho também; seguiram para a cozinha onde se sentaram para conversar e comer Jjajjangmyun[5].

Mel contou o que aconteceu com ela e as circunstâncias de estar ali. Em nenhum momento chorou. Somente seu olhar demonstrava a tristeza que sentia.

---

5. Jjajjangmyun prato de macarrão chinês, mas que coreanos de todas as idades gostam de comer. O saboroso molho é feito com carne picada e feijão preto. Também conhecido por ser o prato mais comido pelos solteiros no Black Day (Dia dos Solteiros)

A senhora Kim Min Young não gostou nada do que ouviu, mas em sua humildade não soube como ajudar. Para ela o que Mel descreveu não existia. Era cruel demais. Desumano demais. Ofereceu sua casa como moradia, mas Mel insistiu que queria alugar um lugar pequeno e trabalhar enquanto estivesse em Seul. Tinha planos de que com a cabeça fria conseguiria pensar em uma forma de resolver sua situação com a madrasta.

— Você pode ficar com o apartamento que foi liberado. Desde que não se importe em dividi-lo, pois sempre tem estudantes procurando e eu preciso pagar minhas contas.

A senhora Kim Min Young explicou que era dona de um pequeno prédio de três andares com seis apartamentos e vivia do aluguel deles, além de ajudar a sustentar a família de seu irmão que mora no interior.

Antes que Mel pudesse responder Sun-hee completou:

— Verdade. Por sorte o que foi liberado era onde vivíamos, então é o único que já vai com alguns móveis e eletrodomésticos. E pode trabalhar comigo. A senhora Park, dona do restaurante está precisando de uma substituta para minha antiga colega.

— Seria maravilhoso. Se puder me apresentar a ela amanhã mesmo, agradeço – Mel sentia que as coisas começariam a mudar. Durante sua estadia em Seul não usaria seus cartões e evitaria pedir dinheiro para Romulo. Pretendia mergulhar de cabeça na personagem de estudante trabalhadora.

Lembrou da sua lista de coisas que faria quando visitasse Seul. Tinha essa lista desde os quinze anos. Nunca apagou ou alterou qualquer item nela.

Mesmo nas circunstâncias atuais pretendia aproveitar sua estadia em Seul. Seu coração se encheu de esperança de que alguma coisa maravilhosa poderia acontecer.

A senhora Kim Min Young anunciou que iria descansar e Mel aproveitou que estava sozinha com a amiga para conversarem sobre coisas de garotas. Pegou a lista e mostrou para ela. Sun-hee já sabia da lista, mas ficou muito animada em conversar pessoalmente sobre coisas assim. Passaram muito tempo conversando, até alta madrugada. Mel esquecida do cansaço da viagem e Sun-hee esquecida do cansaço do trabalho.

Quase uma nova vida

Pouco dias depois Mel estava trabalhando no restaurante e morando em seu pequeno apartamento alugado.

Seu encontro com a senhora Park ficou marcado para sempre em seu coração.

— Senhora Park, trouxe uma amiga para preencher a vaga disponível – Sun-hee gritou assim que entraram no restaurante.

A senhora Park não se importou com o grito. Se aproximou e disse olhando para Mel:

— Seja bem-vinda! Vamos testá-la hoje.

Depois de encarar Mel alguns instantes, se virou para Sun-hee e disse:

— Mostre a ela onde estão os aventais e lhe dê um boné novo. Ao final do expediente conversaremos. Concordam?

Mel concordou. Não tinha mais nada para fazer naquele dia.

— Vai ser um prazer senhora Park.

Animadas as amigas colocaram os aventais e bonés. Logo estavam servindo mesas e anotando pedidos.

No final do expediente a senhora Park as chamou para dar o seu veredicto. Sentaram-se a uma mesa do restaurante e as garotas aguardaram em silêncio até que ela perguntou:

— Por que está em Seul, criança?

— Estou fugindo de alguns problemas – alguma coisa não permitia que mentisse para a senhora. – Minha passagem por Seul não será muito grande. Apenas alguns meses, mas prometo que se me contratar farei o meu melhor.

— Espero que consiga resolver os seus problemas. Enquanto estiver em Seul pode trabalhar aqui em meio período como a Sun-hee. Qualquer dúvida pergunte a ela.

— Obrigada, senhora Park – Mel agradeceu com um sorriso sincero.

Aquela senhora com rosto sério e vários fios brancos nos belos cabelos negros; passava a confiança que Mel precisava depois de descobrir a traição em sua família.

— Você foi muito bem hoje; fala nossa língua fluentemente e parece conhecer muita coisa sobre nossa cultura. Posso perguntar como aprendeu tanto?

— Nos dramas. Sou apaixonada por eles – confessou.

A senhora de cabelos grisalhos abriu um amplo sorriso.

— Coincidência. Também amo. Vamos ter muito assunto. Espero que viva um belo romance enquanto estiver aqui.

— Que os deuses escutem a senhora, pois no momento que assisti meu primeiro drama coreano, *Boys Over Flowers*, decidi que queria aquela forma pura e avassaladora de amor que me era apresentada na tela da televisão, decidi que meu primeiro beijo seria com alguém como o mocinho do drama. Alguém que fizesse tudo ao redor sumir com sua presença.

— Então que eles me ouçam – estava encantada com a doçura e sinceridade de sua nova funcionária.

Mel não respondeu ao seu comentário, apenas sorriu cada vez mais feliz com a decisão de ir para Seul.

— Então, você é a amiga virtual da qual Sun-hee falava sem parar todos os dias? – mudou de assunto.

— Eu tenho a melhor ex-amiga virtual do mundo –
Sun-hee respondeu por Mel.

— É perceptível que a amizade de vocês é um laço
extremamente forte. Devem cultivá-la bem.

— Vamos sim. Seremos amigas para sempre – Sun-
-hee novamente antecipou-se em responder.

A senhora Park riu alto.

— Agora vão. Ou as pessoas vão pensar que exploro
vocês.

Depois de agradecerem um pouco mais as garotas
saíram animadas com o fato de que trabalhariam juntas.

Com seus novos documentos e com a ajuda de seu
amigo Romulo Mel conseguiu ingressar em um curso de
administração na mais privilegiada universidade de Seul,
a *Seoul Global University*. Apresentava seus documentos
sem medo, pois além de confiar no trabalho de Romulo
tinha consciência de que seria difícil alguém procurá-la
tão longe.

Aos poucos o sofrimento de perder o pai e a confiança nas pessoas que chamava de família perdia espaço
para a amizade de Sun-hee e para a realização do sonho
de viver em Seul.

São Paulo, março de 2018

Receber o memorando e descobrir que Mel havia sumido deixou Jocasta e Lucas aterrorizados com a possibilidade de que ela soubesse de seus planos e estivesse
armando algo, mas com o passar dos dias a preocupação
foi diminuindo e começaram a aproveitar a ausência dela.

Continuavam recebendo as mesadas pontualmente
sem aumento ou redução dos valores.

Eles mentiam para todos que Mel estava viajando para amenizar a dor de perder o pai. Diziam que ela quis se afastar um pouco das lembranças.

Até pensaram em contratar profissionais para encontrá-la e saber seus planos, mas a possibilidade de atrair suspeitas impediu que fizessem. O próprio Lucas ficaria encarregado de procurar por ela disfarçadamente, sem pressa.

Vanessa alheia a toda a situação que envolvia a fuga de Mel se sentia magoada e triste, pois a amiga partiu sem se despedir e não conseguia localizá-la nas redes sociais ou no celular. Sempre que podia procurava Sara para saber se ela tinha notícias, mas ela também se dizia perdida. O único que parecia saber de alguma coisa era Romulo, mas ele se mantinha silencioso como um túmulo.

O Príncipe Coreano

No primeiro dia de aula na universidade não foi surpresa para Mel os cochichos e olhares quando entrou na sala. Pelo que percebeu existia pouquíssimos estrangeiros na universidade, na sua sala não tinha nenhum.

O professor ainda não havia chegado então ela sentou ao lado da sua ex-amiga virtual que coincidentemente cursava o primeiro período no mesmo curso.

Agora poderia chamar Sun-hee apenas de amiga.

A aula passou tranquilamente apesar dos murmúrios iniciais. O problema é que a sorte de Mel não durou até o fim do dia.

Quando soou o alarme do intervalo ela ficou anotando algumas coisas e sua amiga foi na frente porque estava com muita vontade de ir ao banheiro.

Ela terminou rapidamente de anotar e seguiu para o refeitório onde se encontrariam.

Não conseguindo achar sua amiga sentou em uma mesa vazia e jogou a bolsa sobre ela disposta a comer enquanto esperava Sun-hee aparecer. Foi quando um grupo de garotas veio em sua direção e parou ao lado da mesa. Elas pareciam saídas de um grupo de k-pop. Mel chegou até a imaginar se elas começariam um número musical igual nos filmes como *High School Musical*.

Eram cinco garotas coreanas muito bem vestidas.

— Você é a garota novata, correto? – a que estava no meio questionou tirando Mel dos pensamentos cômicos.

Como ela sabia? Não estavam na mesma turma, tinha certeza, e a universidade era muito grande para uma novata ser a novidade de todo o lugar, mesmo uma estrangeira – Mel pensou antes de responder.

— Sou sim. Me chamo...

Antes que pudesse completar a garota interrompeu.

— Temos uma tradição. Já que os trotes são proibidos. No primeiro dia os novatos devem comer seus lanches ali – apontou para um local reservado. – Não sei bem a história por trás da tradição, mas gosto dela. Se incomoda?

O lugar não parecia exclusivo para trotes de universidade, estava mais para um reservado. Tanto que quando Mel o viu momentos antes pensou que era destinado aos professores. Tinha uma mesa com algumas cadeiras, um sofá de canto preto, uma imensa TV e um frigobar.

Até poderia ser para um trote, pois era todo de vidro e o que acontecia lá dentro poderia ser visto pelos alunos que transitavam pelo refeitório.

Em nenhum momento acreditou na desculpa de uma simples tradição. Era trote sim, tinha certeza.

Mesmo suspeitando que o trote era fazer ela ser pega na sala onde os professores se reuniam, Mel se levantou, seguiu as garotas até a porta de vidro e entrou.

Um trote não poderia matar – pensou.

As meninas se afastaram dando risinhos. Deixaram Mel cheia de suspeitas, porém nada que a assustasse, afinal um trote nunca matou alguém. Pelo menos, imaginava que não.

Não se passaram nem cinco minutos e três homens retirados do *Olimpo* vieram na direção da sala onde ela estava.

Mel não se moveu. A maçã que ia morder estava na metade do caminho até sua boca que permaneceu aberta.

O homem que andava a direita era um ruivo extremamente parecido com o cantor principal da banda que Sara e ela viram e tiraram fotos.

O que estava à esquerda parecia que nasceu com um sorriso permanente no rosto. Era loiro e se vestia como o integrante de alguma gangue de filmes.

O que andava no meio era o demônio em pessoa, não que fosse feio. O problema é que ele lhe tirava a capacidade de respirar. O cabelo preto e curto, os lábios vermelhos extremamente bem desenhados, a pele branca. Tudo parecia feito sob medida para deixá-lo perfeito.

É a encarnação do branco de neve – pensou associando ao famoso conto de fadas.

Eles entraram na sala e se aproximaram da única mesa surpresos com a presença dela.

— Isso é alguma pegadinha de mal gosto? – perguntou o demônio colocando as duas mãos na mesa ameaçadoramente. Sua voz era bonita mesmo que seu tom e suas palavras fossem ameaçadoras.

Ele não estava de bom-humor.

Mel sabia que deveria dizer algo ou sair correndo, mas sua atenção estava voltada em manter sua respiração regulada.

O olhava como se quisesse ter certeza de que via alguém real.

— É muda garota? – perguntou intrigado com a situação. A sobrancelha arqueada o deixava ainda mais belo.

A atitude cruel do homem a sua frente fez Mel decidir se afastar. Percebeu que a beleza dele era apenas exterior.

Ela pegou suas coisas em silêncio e se levantou, mas não foi muito longe.

O demônio segurou seu braço com força excessiva. O movimento brusco fez com que o pingente da correntinha que estava presa a sua bolsa caísse.

O coração de Mel parou. Lembrou do momento em que ganhou aquela correntinha com um pingente de coruja de seu pai. Lembrou que nunca mais conversaria com ele sobre coisas cotidianas como costumavam fazer.

Seus olhos se encheram de lágrimas e ela encarou o olhar de deboche do homem que a segurava.

Lee percebeu que não gostava de ver lágrimas nos belos olhos castanhos, mas não sabia voltar atrás.

— Não ouviu? – insistiu.

Ao contrário de responder Mel abaixou e pegou o pingente ignorando a mão dele envolta do seu braço. Foi quando percebeu que faltava uma das pedrinhas do olho da coruja. O ódio fez seu sangue ferver. Não via mais a beleza do homem a sua frente.

— Seu monstro insensível! Quem pensa que é para tratar alguém assim? – seu coreano saiu alto e claro.

Lee a olhou confuso com sua atitude. E mais surpreso ainda por ela falar tão bem sua língua natal. Geralmente as pessoas fugiam quando ele as ameaçava.

— Você invade um ambiente particular e me acusa de insensível por querer te expulsar? – sorriu achando que estava completamente certo. – Situação irônica!

Soltou o braço dela.

— Nada te dá o direito de agredir alguém ou quebrar minhas coisas.

— Todo esse show por causa desse lixo? – olhou na direção da mão em que ela segurava possessivamente o pingente.

A raiva em Mel foi crescendo em proporções que ela desconhecia. Aquele homem que teve o poder de mexer com seus sentidos somente por vê-lo também tinha o poder de levar sua raiva ao nível em que pensar não era uma opção.

Acabou agindo por impulso.

O soco que Lee recebeu foi tão inesperado que ele se viu jogado no chão com a mão na boca que sangrava e o olhar fixo na garota a sua frente.

Ainda sob o efeito da raiva Mel queria dizer um monte de verdades para aquele homem que mais parecia um demônio mimado, mas desistiu. Balançou a cabeça decepcionada e triste, e saiu devagar da sala apertando na mão o pingente quebrado.

Durante toda a discursão deles os colegas de Lee se mantinham de braços cruzados observando. Kwan queria lembrar de onde conhecia a garota e Dong-sun previa que teriam dias divertidos no futuro. Para ele era divertido encontrar uma mulher capaz de enfrentar o *príncipe da Coreia*.

Fora da sala os outros alunos se mantinham boquiabertos enquanto a morena irada passava por eles. Era difícil acreditar que ela realmente bateu no único vespeiro em que não devia.

Ninguém acreditava que ela fosse durar ali depois daquela cena. A olhavam como se ela fosse contagiosa.

Ao passar pela porta, para sair dali antes de bater em mais alguém, ela esbarrou em Sun-hee que vinha ao seu encontro.

— Desculpa a demora. Acabei parando para conversar com uma colega que estava com problemas – sua voz saia cortada depois de correr para chegar ao refeitório.

— Não tem problema – o humor de Mel havia desaparecido por completo.

— Onde você vai? Não vai comer nada? Já comeu? Espere. O que houve? – sem entender o motivo da expressão fechada enchia a amiga de perguntas.

— Houve que conheci mais pessoas más que boas nesse lugar.

Indignada contou tudo que aconteceu para a amiga. Sun-hee aproveitou a oportunidade enquanto a consolava para contar quem eram as pessoas que frequentam aquela sala. Explicou que era exclusiva dos três rapazes e de quem eles quisessem lá com eles.

Explicou que o motivo de terem a sala é Lee Kang Dae.

— A família dele praticamente mantem a universidade no que diz respeito a financiamento, por isso existem mais bolsistas aqui do que alunos pagantes.

Mel mal ouvia as informações. Sua mente vagava pelo pingente quebrado e pelas as lembranças de seu pai.

Ainda na sala Lee levantou devagar. Seu único pensamento: *Quem é essa garota?*

— Vejo que o nosso príncipe encontrou uma adversária a altura – Dong-sun comentou divertido. Não estava nem um pouco preocupado com as condições físicas do amigo.

— Essa morena tem presença – Kwan completou. – Tenho quase certeza de que a conheço de algum lugar.

— Essa louca vai ser expulsa ainda hoje – com raiva Lee tentou passar por eles disposto a buscar a expulsão da garota atrevida. Não precisava de muitas desculpas bastava ameaçar retirar o apoio que manteve após a morte do pai.

— Calminha ai amigo – Kim Dong-sun segurou seu braço sem se importar que estava provocando ainda mais sua ira. – Ainda ontem você reclamou que a vida estava monótona. Quer mesmo perder essa oportunidade maravilhosa?

— O que quer dizer? – Kwan interrompeu.

— Quer distração melhor que uma gata morena cheia de raiva? – continuou animado. – A chegada dessa garota pode indicar vários momentos de diversão.

Lee pensou por um momento e realmente gostou da ideia. Não da ideia de seu amigo e sim da que se formava em sua cabeça. Expulsá-la não seria grande vingança. Queria mais. Queria que ela fosse envergonhada como ela o envergonhou. Porque mesmo que ninguém ousasse comentar todos que estavam no refeitório viram a cena dele levando um soco de uma garota e iriam espalhar cochichando pelas suas costas.

Voltou alguns passos e sentou à mesa com um sorriso diabólico na face. Seu apetite até aumentou com a empolgação. Pegou o celular e pediu vários petiscos a lanchonete da universidade que foram entregues cinco minutos depois.

Enquanto ele vagava em seus planos, Kwan tentava lembrar de onde conhecia a garota morena. E Kim Dong-sun pensava em como os próximos dias seriam divertidos.

Meu amigo coreano

No dia seguinte Mel seguiu para o refeitório no intervalo como se nada tivesse acontecido apesar de ter que controlar o pescoço para não tentar olhar se os três rapazes estavam na sala de vidro. Havia descoberto através de Sun-hee que eles eram os homens mais ricos da Coreia do Sul e que não se misturavam com os outros alunos. A única que andava com eles era a garota que a levou para a armadilha.

Queria que Sun-hee a acompanhasse sempre, pois se sentia bem ao lado da amiga, mas ela precisou ficar terminando um trabalho que adiou até o último dia do prazo e precisou correr para a biblioteca para finalizar. Como estava faminta Mel decidiu arriscar-se entre os lobos sozinha.

Sentou-se em uma das mesas vazias. Não queria tentar se aproximar de ninguém. O pingente quebrado em seu apartamento a fazia ter raiva dos outros alunos e a raiva aumentou quando as mesmas garotas que a enganaram no dia anterior se aproximaram da mesa com seus sorrisinhos irritantes.

— Você é bem atrevida garota! Toda a universidade te odeia – era sempre a mesma garota que falava enquanto as outras davam risadinhas. Como se a considerassem a líder do grupo.

— A opinião de nenhum de vocês me incomoda. Estou aqui para estudar e não para agradar alguém – desabafou.

— Olha, a panterinha mostrando as garras – sentou-
-se como se tivesse sido convidada. – Vamos deixar uma
coisa bem clara: eu vi como olhou para o meu noivo ontem. Apesar de saber que ele jamais notaria alguém como
você quero que fique longe dele.

Mel não conseguiu evitar o sorriso. A garota a sua
frente deveria assistir alguns doramas. Assim ela saberia
que proibir tornava tudo mais interessante.

— Está rindo de que?

— Sequer sei quem é seu noivo.

— Lee Kang Dae. Toda vez que ouvir esse nome quero
que se afaste – por algum motivo que não sabia explicar
ela sentia naquela ocidental uma ameaça ao seu relacionamento. Se arrependeu de ter inventado aquela brincadeira quando viu a forma como ela olhava para Lee.

Mel ia responder que não se importava com o desejo
dela, mas foi interrompida pelos mesmos gritinhos mal
disfarçados que ouviu da sala reservada no dia anterior.
Olhou na direção dos gritos e viu os três rapazes andando como se fossem os donos do universo.

Com um sorriso no rosto a garota levantou e se postou
ao lado do garoto demônio. Segurou o braço dele e caminhou com eles como se fosse a rainha entre os príncipes.

— Babacas – Mel xingou em português, mas como se
tivesse vontade própria seu pescoço virou para olhar o
monstro insensível por trás. Quando viu que ele se virou
na mesma hora ela voltou a olhar para frente rapidamente.

Não foi rápido o bastante, pois teve tempo de ver o
sorriso demoníaco em seus lábios.

Pouco tempo depois outra pessoa se aproximou e se
sentou em frente a Mel.

— Olá, seu nome é Alison, não é? – o garoto ruivo
perguntou apoiando o rosto nas mãos para encará-la.

— Sim – respondeu sustentando o olhar dele. Não
quis saber como ele descobriu.

— Meu nome é Kwan. Tenho a sensação de que já vi você em algum lugar – ele demonstrava estar bastante à vontade.

Como havia pouca possibilidade de o garoto ruivo a sua frente ser um problema Mel decidiu não inventar mentiras, principalmente porque ele poderia se lembrar claramente dela no futuro.

— Sua banda tirou fotos com minha amiga e eu no Brasil.

— Ah sim, as belas ocidentais – comentou como se houvesse recordado tudo daqueles dias no Brasil.

— Sim, as ocidentais que você pensou que não entendiam coreano – referiu-se as conversas paralelas entre ele e os membros da banda.

— Só falei verdades – levantou os ombros como se aquilo não tivesse importância. – Mas não me lembro de você dizer que se chamava Alison.

— Eu disse sim, mas vocês decidiram me chamar de Morena o tempo todo – deu de ombros, mas sentiu um frio na barriga com medo de ser reconhecida como herdeira da VCA veículos.

— Morena combina mais com você – ele passou as mãos nos cabelos pensativo. – Ainda assim tenho a sensação que se apresentou com outro nome.

Por que eu tinha que cair justamente na universidade de uma pessoa que me conheceu no Brasil? – reclamou mentalmente.

Para evitar estender a conversa tentou mudar de assunto:

— Tanto faz meu nome, o que deseja? Algum aviso sobre ter cuidado com os donos da Coreia?

Ele riu do seu tom de deboche.

— O único príncipe é o Lee Kang Dae. Somos apenas cavalheiros do príncipe. Melhor dizendo amigos de infância.

— Entendo – tentou parecer indiferente quando ouviu o nome do demônio. – Ainda não disse o que te motivou a vir aqui.

— Não é obvio? Quero ser seu amigo. Aproveito para mudar a opinião que tem sobre nós. Acho que não teve muitos bons exemplos.

Mel o encarou por alguns instantes. Como no dia anterior seu estilo se resumia a um casaco aberto sobre uma camisa e um jeans desbotado. Simples e elegante.

— Continue. Como pode me garantir que é diferente do seu amigo idiota? – estranhamente Mel sentia que seriam amigos por toda vida assim como sentiu algo diferente quando se encontraram no Brasil. Revê-lo em sua fuga só fazia com que tivesse mais certeza disso. Não pretendia contar a verdade para ele enquanto não resolvesse sua situação, mas também não jogaria fora a chance de conhecer pessoas legais.

— Você vai me conhecer e terá essa certeza. Sempre que nos encontrarmos vamos nos cumprimentar, vamos sair juntos, conversar, etc.

— Não é mais um tipo de trote, é?

— Não sou louco. Já percebi sua força e não quero apanhar.

Riram juntos chamando a atenção dos outros alunos e causando inveja. Alguns rapazes queriam ter tido coragem de se aproximar dela e as meninas morreriam para ter algo com Kwan.

Enquanto Kwan se divertia conhecendo uma nova amiga Lee não conseguia se concentrar na reunião para a qual foi convocado logo que se sentou no refeitório.

Como aquela garota pode me enfrentar sem pestanejar? E o que Kwan e ela conversavam tão intimamente que nem notaram quando passei? – questionava a si mesmo.

Havia sido liberado das duas últimas aulas por causa dessa reunião que mal ouvia.

Não conseguia esquecer as lágrimas mal contidas e o brilho de raiva nos olhos da morena atrevida para se concentrar na pessoa que falava sobre assuntos importantes na sua frente.

Agradeceu mentalmente por ter tanta gente competente ao seu lado, pois assim poderia se dar ao luxo de deixar algumas coisas nas mãos deles.

— O novo modelo de carro de luxo que estamos patrocinando no Brasil será lançado mundialmente no próximo mês, mesmo após o falecimento do presidente. Seu vice quer continuar e realizar o desejo do falecido. Estão fazendo mistério sobre o carro e os transportes estão sendo feitos com total sigilo. Somente os funcionários mais confiáveis acompanham as montagens e transportes. Nenhuma informação ou foto pode vazar ou perderemos a confiança de muitos clientes, além de atrapalhar o marketing planejado – o diretor geral, funcionário da K1 há trinta anos falava diretamente para o representante da VCA veículos.

— Sim senhor. A empresa em questão é bastante conceituada. Vai ser uma grande parceria se tudo der certo – o representante respondeu confiante.

Lee que apenas ouvia resolveu finalizar.

— Acredito que fomos felizes na escolha dessa parceria. Meu pai ficaria muito contente. Qualquer coisa que envolva a VCA veículos quero ser informado. Faço questão de acompanhar de perto a realização do último projeto dele. Até que o modelo esteja à venda a nossa prioridade será a VCA.

— Sim senhor – responderam quase em coro.

— Agradeço o esforço e competência de vocês – encerrou com as mesmas palavras que o pai usava para encerrar as reuniões. Isso fez lembranças felizes aparecerem e sobrepujarem as recentes lembranças de uma morena atrevida.

Permaneceu na sala de reuniões recordando sua infância e sua adolescência ao lado do pai depois que os outros executivos se foram.

⁕

Depois de conversar com Mel, Kwan ficou curioso e procurou entre as poucas pessoas que seguia no Instagram pela amiga brasileira, mas não encontrou. Encontrou a outra chamada Sara, mas nada em seu perfil demostrava que tinha uma amiga chamada Alison e em todas as fotos não havia nenhuma com as duas juntas. Era como se a Morena que conheceu nunca tivesse existido. Alguma coisa estava errada e ele estava disposto a fazer ela aceitar sua ajuda.

Daria um tempo para ela confiar nele antes de buscar algo extremo como entrar em contato com a Sara, mas ajudaria seja qual fosse o problema de sua nova amiga. Tinha necessidade de vê-la sorrir. Não sabia quando começou ou porque, mas gostava cada vez mais do sorriso dela.

Como estava com o número de telefone dela não resistiu ao impulso e mandou uma mensagem.

Morena, quando te conheci você era uma garota que se hospedava em hotéis cinco estrelas e sempre com um sorriso no rosto. Mesmo que só tenhamos passados alguns minutos juntos sou bom em ler as pessoas. Essa morena que está em Seul, apesar de ser a mesma, estuda através de uma bolsa e trabalha como garçonete. Não ligo para nada disso, mas o seu sorriso não é mais o mesmo. Quero aquele sorriso de volta. O que eu puder fazer para ajudar ele a voltar pode dizer. Prometo manter a mente aberta.

Poucos minutos depois recebeu uma resposta:

Branco, você é muito perceptivo. Agradeço por ser meu amigo. Tenha certeza de que quando estiver pronta você será o primeiro a quem procurarei, por enquanto não se preocupe, pois não é nada que não se possa resolver.

Dois dias após a reunião fotos dos carros circulava por toda mídia.

Lee descobriu que os dois ex-funcionários, que estavam roubando e que demitiu, haviam roubado as imagens que eles receberam durante as negociações da parceria antes de saírem; e venderam para quem pagou mais.

Ele só soube quando todos já sabiam e isso o encheu de raiva. Em um acesso de fúria quebrou tudo na sala de reunião assustando os presentes.

O fato de um erro tão grotesco ter acontecido logo após iniciar um contrato e a culpa ser dos funcionários da K1 o deixava louco. Na sua cabeça isso manchava a memória do seu pai.

— Saiam todos – ordenou encarrando a bagunça da sala.

Os cinco executivos saíram rapidamente temendo outro ataque.

— Por que as pessoas têm que ser tão desonestas? – perguntou para a sala vazia.

Apagou a luz e apesar de ainda ser dia a sala perdeu o brilho que estava incomodando seus olhos.

Sentado em sua cadeira de presidente ele ficou encarando os espaços vazios a sua frente e pedindo forças ao pai para encarar o desafio que era ser seu filho.

Depois de alguns minutos pegou o telefone e ordenou a secretária:

— Agende uma videoconferência com o vice-presidente da VCA para hoje.

— Sim senhor – respondeu a outra voz do outro lado da linha.

Menos de duas horas depois conversava com um homem chamado Cleiton e discutia formas de amenizar as perdas que o anúncio precoce traria. Em nenhum momento Cleiton questionou a sua competência por causa do vazamento das informações e mostrou alternativas que dariam resultados satisfatórios.

Marcaram uma coletiva para falar sobre o modelo e anteciparam as divulgações programadas nas mídias; além de anteciparem as entregas nas concessionárias.

No fim a exposição prematura poderia ser usada a favor do lançamento.

A Lista

Passaram mais alguns dias e a amizade entre Kwan e Mel crescia enquanto a aversão de Lee por ela também. Ele não conseguia entender porque o amigo queria ficar com ela e ainda tinha planos de fazê-la pagar pelo que fez.

Não demorou muito para conseguir a informação que precisava para começar a criar seu plano de vingança.

Descuidada ela deixou a pasta que usava nas aulas em uma mesa do refeitório enquanto escolhia o que comeria naquela tarde. Estava faminta.

Percebendo sua distração Lee pegou a agenda e saiu folheando a procura de informações que pudessem ajudar na sua vingança. Antes de sair do refeitório encontrou o que parecia ser uma lista de dez itens e tirou uma foto. Era a única coisa que não estava em coreano, deveria ter algum valor.

Quando Mel voltou e percebeu que sua agenda havia sumido seu sangue gelou, preocupada de que houvesse algo lá que denunciasse sua identidade. Olhou para todos os lados em busca de um possível culpado. Foi quando viu as costas de Lee que quase alcançava a porta de saída.

Correu atrás dele suspeitando que ele poderia estragar a sua agenda de propósito. Estava quase o alcançando quando ele se virou subitamente com um sorriso maldoso no rosto.

— Você perdeu isso – estendeu a agenda na direção dela.

Mel sabia que não tinha perdido nada, mas para evitar um confronto apenas aceitou o objeto, agradeceu inclinando a cabeça e se virou partindo.

Antes mesmo de chegar a mesa folheou a agenda em busca de estragos. Não havia nada. Suspirou aliviada.

Quando chegou a mesa Kwan a esperava.

— Vi você correr atrás do Lee Kang Dae. Aconteceu alguma coisa?

— Ele pegou minha agenda para me irritar. Parece uma criança – sentou-se em frente ao amigo e começou a comer usando a mão livre.

Kwan sorriu. Cada vez mais se sentia apegado a ela.

— Estranho ele não costuma agir assim. Se ele não gosta de alguém essa pessoa some sem deixar vestígios.

— Pretende me animar assim?

— Não é mesmo uma boa opção. Vamos mudar de assunto. Pode deixar que não deixarei ninguém tocar em você.

Ainda segurando a agenda Mel decidiu deixar de lado os batimentos acelerados do seu coração que os poucos instantes que esteve com Lee causaram.

— Vou te mostrar um segredo, mas nunca conte para ninguém.

Mel não notava os olhares das outras pessoas enquanto conversava com Kwan na lanchonete. Ele passava a confiança que ela precisava. Se não fosse o furacão Lee que mexia com suas emoções consideraria aceitar que o carinho de Kwan ia além da amizade, por isso decidiu mostrar sua lista a ele. Tinha esperança que se ele sentia algo mais que amizade podia aproveitar para se declarar.

Mostrou a lista que tinha as dez coisas que queria fazer na Coreia. Como estava em português ela traduziu e explicou o motivo de cada item.

1. *Beijar na chuva* ❦
2. *Ter um encontro parecido com os doramas* ❦

3. *Namorar no ônibus* ⚘
4. *Ser abraçada por trás* ⚘
5. *Cinema* ⚘
6. *Festa* ⚘
7. *Ser pedida em namoro na escola* ⚘
8. *Ficar bêbada com Soju* [6] ⚘
9. *Comida* ⚘
10. *Casar Virgem* ⚘

— Essas são as coisas que quero fazer enquanto estiver aqui. Tirei todas dos doramas.

— Adorei sua lista. Quero ser o primeiro a te ajudar a realizar cada item. Vamos começar com um encontro amanhã. O que acha?

Mel imaginou como seria um encontro com Lee.

Certamente terminaria em briga – pensou.

Mas que droga estou pensando? Por que não consigo parar de pensar nele? – brigava dentro da mente com os próprios pensamentos.

— Tenho muita coisa para estudar, mas aceito.

— Vou te pegar na sua casa às nove.

— Prefiro que me encontre aqui, na porta da Universidade. Faz parte da minha lista. É uma das coisas que complementam as outras.

Kwan riu.

— Será do seu jeito. Apesar de achar que não quer que eu conheça sua casa.

— Não é nada disso. Vou marcar de te levar na minha casa qualquer dia.

Estava sem jeito de levar ele para seu apartamento morando sozinha. Marcaria algo entre amigos. Chamaria sua amiga Sun-hee na mesma data para não ficar sozinha com ele.

---

6 Soju: bebida destilada originária da Coreia feita de arroz.

— Vou cobrar.

Conversando sobre o que poderiam fazer no dia seguinte caminharam até o ponto de ônibus onde Mel se despediu.

Somente quando chegou ao apartamento Mel lembrou que tinha prometido trabalhar para a senhora Park naquele fim de semana.

Decepcionada ligou para Kwan e desmarcou.

Sozinho na sala depois que todos os alunos saíram Lee abriu um aplicativo e com certa dificuldade traduziu as palavras descobrindo que se tratava de uma lista de coisas para fazer. Com um sorriso cheio de maldade começou a formular como usaria aquela lista a seu favor.

Essa garota vai pagar pelo que fez e vou me divertir no processo – pensou enquanto alisava a boca tocando o exato lugar onde ela bateu.

Para ele a lista era ridícula. Apesar de ter um soco potente a garota era só mais uma virgem iludida.

— Não devia ter brincado comigo – declarou para a sala vazia.

A Festa

— Mellll – Sun-hee veio correndo e gritando para dentro da sala assim que finalizou a última aula que ela perdeu enquanto pesquisava para outra matéria na biblioteca. Algumas pessoas saiam apressadas, mas viravam o rosto para saber o motivo do barulho que ela fazia. Foi quando ela percebeu que estava chamando a amiga pelo nome verdadeiro.

— Alison, meu mel – falou alto tentando disfarçar.

A amiga caiu na gargalhada com a confusão da outra.

— Qualquer dia desses você estraga meu disfarce – repreendeu quando só as duas podiam ouvir.

— Desculpe. É que estou muito empolgada.

— Vamos lá! Diga o que é tão empolgante.

— O príncipe vai fazer uma grande festa e convidou todos do curso de administração. Inclusive nós duas.

— Não chame aquele ser assim. Faz com que ele acredite que é mesmo alguém da realeza, ou pior, uma divindade.

— Deve confessar que ele é tão lindo quanto um príncipe – suspirou teatralmente. – Mas não vamos mudar o foco aqui. Vai ser uma mega festa.

— Que tipo de festa? – fingiu interesse para não decepcionar a amiga.

— Uma festa branca. Todos devem ir com algo branco.

— Sabe que meu relacionamento com o dono da festa não é dos melhores. Não sei porque toda essa animação.

— Foi um mal-entendido. Um trote. Tenho certeza que ele nem lembra mais. É só ligar a TV, entrar em sites de notícias ou ler jornais. Vai saber que ele não tem tempo para pensar em coisas assim.

— Já te ouvi falar que ele é uma pessoa importante, mas é tanto assim? – se deixou levar pela curiosidade.

— Já ouviu falar da K1 Corporation?

Mel arregalou os olhos quando começou a associar as informações em sua mente.

— Isso mesmo. Ele é o herdeiro.

— Eu vou nessa festa – declarou.

— É assim que se fala.

Sun-hee estava animada, mas Mel tinha outros planos. Queria conhecer melhor a pessoa por trás da empresa com a qual seu pai queria tanto manter aliança. Apesar de assinar o contrato não teve tempo de aproveitar a conquista.

Para Sun-hee foi o paraíso se preparar para essa festa. Quase não falavam de outra coisa.

O dia da festa chegou. Como combinaram se encontrar no local Mel procurava Sun-hee sem saber que a amiga não chegaria a tempo de salvá-la.

O salão era imenso e com pouca decoração. Apenas algumas mesas com comida e bebida, garçons andando de um lado para o outro com bandejas, alguns sofás espalhados nos cantos e o palco onde a banda tocava uma música animada.

As pessoas desfilavam com suas roupas elegantes e brancas. Algumas dançavam.

Mel permaneceu algum tempo procurando a amiga.

Enquanto ela andava pelo salão com seu belo vestido de princesa quase totalmente branco e seus cachos presos em um penteado moderno, Sun-hee estava no restaurante uniformizada e tentando contato a todo momento para dizer que não poderia ir à festa, pois a patroa a chamou para cobri-la no caixa alegando que não se sentia bem.

O destino estava contra Mel. Seu telefone descarregado ficou no apartamento.

— O que faz aqui? – a voz feminina e estridente era quase um grito.

O som da música parou como se a voz fosse o comando para parar e Mel se viu observada por várias pessoas. Principalmente por seus colegas da universidade.

— Devia ter imaginado que era uma brincadeira de mal gosto – sussurrou para si mesma.

— Ela é nossa convidada especial. Está aqui para nos distrair – Lee apareceu na sua frente de braços dados com a noiva. Fora ela quem fez a pergunta.

Quando estava perto o suficiente fez com que Eun-Kyung soltasse seu braço. Sua atenção era literalmente só de Mel.

Apesar de sentir o sangue ferver Mel não estava disposta a brigar naquele momento.

— O que acha de ter o sexto item da sua lista realizado por mim? – a puxou para próximo para sussurrar em seu ouvido.

Por alguns instantes Mel ficou sem ar. Teve dificuldades para lembrar qual era o sexto item. Sentimentos estranhos nascendo em momentos errados, mas ela sabia que aquela festa não era uma gentileza. Puxou o braço que ele segurava com um safanão disposta a sair dali o mais rápido possível.

Mas Lee tinha outros planos. Mesmo sem segurá-la permaneceu falando disposto a mantê-la distraída até conseguir concluir seu plano.

— Além dessa festa em sua homenagem tenho outra surpresa – trocavam olhares de desafio. – Soube que adora nossa culinária, então preparei algo especial.

Aos poucos Mel ia esquecendo que pretendia buscar nele o que atraiu seu pai para a K1 Corporation.

Quatro pessoas vestidas com uniformes de chefe de cozinha se aproximaram segurando baldes pretos.

— Sirva – Lee ordenou.

Antes que Mel pudesse entender o que estava acontecendo foi bombardeada por Doenjang jjigae[7] da cabeça aos pés.

Fechou os olhos incrédula sentindo quilos de alimento morno descendo por seu corpo. Ouve um profundo silêncio entre convidados.

Ainda de olhos fechados passou as duas mãos nos cabelos fazendo fios de macarrão descer pelo seu corpo sujo.

O vestido estava destruído. Colava ao seu corpo. Não sobrou nenhum lugar limpo no tecido por causa do molho.

A medida em que passava a surpresa inicial os convidados começavam a rir e a comentar a lamentável situação da garota. Aos poucos o som deles se tornaram um coro insuportável que forçava as lágrimas aos olhos de Mel.

Não se atrevia a olhar para os lados. Não queria ver o quanto as pessoas podiam ser cruéis. Buscava forças para manter o queixo erguido.

Decidida levantou o rosto sujo e encarou seu algoz.

— Sua infância deve ter sido horrível para ainda agir como uma criança mimada – foram as únicas palavras que conseguiu pronunciar antes de sentir lágrimas quentes descerem pela sua face e correr para fora do salão.

O que era para ser uma demonstração de força se transformou em um momento lamentável para ambos, pois Lee não sentiu nenhuma satisfação. Ao contrário, teve que forçar seus pés ao chão para não correr atrás dela e se ajoelhar em busca de perdão.

---

7. Doenjang jjigae: sopa feita de pasta de soja fermentada.

Não gostou desse sentimento. Era algo que não conhecia e isso o assustava.

Mel correu atropelando as pessoas sem se importar com as reclamações de que as estava machucando ou sujando.

No caminho topou em Kwan sujando a roupa de marca dele de molho.

— O que houve? – ele perguntou olhando-a da cabeça aos pés e tendo uma certa ideia do que aconteceu.

— Vocês são todos iguais. Fique longe de mim – Mel o empurrou jogando seu corpo desprevenido no chão.

Voltou a correr sem olhar para trás.

Kwan a seguiu, mas ela entrou em um táxi e logo se misturava aos vários veículos na rua. O taxista apesar de ver como a passageira estava suja a levou sem reclamar. Sentiu pena da garota que lutava para não chorar.

Como não pode ajudá-la Kwan decidiu entrar e confrontar o amigo.

— O que houve aqui? Por que Morena está em prantos e suja daquele jeito? – gritou assim que o avistou.

— A festa acabou – Lee anunciou para todos ignorando os questionamentos do amigo.

Por que me sinto assim como se estivesse sido jogado de um precipício? Por que sinto como se estivesse no lugar dela? – se perguntava em pensamento. Cada vez mais sentia raiva das emoções que o assolavam.

— Saiam de uma vez – gritou e se afastou em direção ao palco de onde a banda já havia saído.

Mas Kwan não se intimidou com a raiva presente em seu tom de voz. Também estava com muita raiva por ver a mulher que amava daquele jeito.

Naquele momento soube que o que sentia por ela era amor.

— O que fez com ela? – rosnou empurrando ameaçadoramente o amigo contra uma das pilastras.

As pessoas que saiam pararam para ver a iminente briga dos dois, mas depois decidiram sair ou sobraria para eles.

— Quem é você? O defensor das donzelas indefesas? – Lee segurou os pulsos das mãos que o mantinha encostado na pilastra forçando Kwan a recuar alguns centímetros.

— Eu sou amigo dela – rosnou. – Prometi que não deixaria que a machucassem.

E fez um péssimo trabalho – pensou antes de dizer:

— É mais amigo dela do que meu?

Naquele instante Lee soube o que precisava para se sentir melhor. Precisava de uma boa briga. Precisava sentir dor física para sobrepor a estranha dor que sentia no peito.

— Depende das circunstâncias. Quando você se transforma em um ser cruel que arma para humilhar uma mulher, pode-se dizer que sou.

— Pois é melhor fazer algo porque pretendo machucá-la muito mais.

— Por que?

— Gostei de vê-la chorar – mentiu disposto a provocar.

Kwan percebendo que não tinha conversa o empurrou e preparou para partir.

— Cadê sua conversa de salvador de donzelas. Eu deveria saber que é um covarde que fica rodeando uma mulher e não se declara. Por mais que eu a machuque consegui muito mais que você.

Ia completar mentindo que já tinha experimentado o sabor da carne morena, mas não teve tempo. Kwan acertou um soco que fez o canto da sua boca sangrar.

Era o gatilho que precisava. Revidou e logo estavam rolando no chão como dois lutadores de luta livre.

Eun-Kyung satisfeita por Mel ter sido humilhada absorveu o papel de dona da festa e colocou os convidados para fora. Estava fora do salão quando a briga entre os amigos começou. Quando voltava para contar ao seu noivo que expulsou o último convidado inconveniente ouviu parte de uma conversa que não queria ouvir.

Kwan dizia:

— Essa sua implicância com Morena vai acabar se transformando em paixão.

Estavam deitados no chão sujo da comida que Lee havia usado para humilhar Mel, exaustos e machucados depois de vários minutos trocando socos e chutes.

— Qual o problema? Tem medo que eu roube ela de você? – tentou parecer indiferente. Ainda não tinha certeza de como reagir ao ciúme que sentiu ao ver o amigo defendendo a garota.

— Temo que a machuque. Não vou permitir. Morena está aqui nessa cidade, nesse país; sozinha. Precisa de ajuda não de pessoas como você.

— Posso ajudar quem eu quiser.

— Ai que está, você quer ajudá-la?

Lee demorou a responder. Estava pensando porque incomodava tanto ouvir Kwan chamá-la de morena. Gostaria de dizer a ele que ela se chamava Alison e que devia usar o nome dela.

Só depois que percebeu que o amigo aguardava uma resposta foi que disse:

— Ainda não sei.

Se levantou deixando Kwan e Eun-Kyung com a certeza de que ele sentia algo pela garota que acabara de humilhar.

Sozinha no apartamento Mel passou o resto da noite chorando, mas em momento algum se arrependeu de não ter enfrentado a situação de outra forma. O máximo que conseguiria era mais humilhação. Estava em um lugar repleto de pessoas que se divertiam vendo sua humilhação. Só ganharia mais vexame se tentasse enfrentar o demônio fisicamente. Seria o espetáculo do dia uma garota coberta de macarrão lutando contra o arrogante príncipe.

O que mais doía era que havia começado a sentir algo por Lee. Doía muito que esse sentimento não tivesse diminuído ou acabado depois daquela festa. Isso significava que ele ainda podia machucá-la muito mais.

Por que você não sai da minha cabeça?

Cada vez mais incomodado com seus sentimentos Lee se viu sendo levado por uma força invisível até a mesa onde Mel comia algumas frutas sozinha.

Ela agiu como se não houvesse várias pessoas falando dela sem disfarçar. De cabeça baixa, e com fones tocando MPB bem alto, comia distraidamente.

Assustou-se quando por fim levantou o olhar e viu quem estava sentado à sua frente.

Queria sentir raiva, mas apenas sentia o ar se faltar recordando o hálito quente perto de sua orelha na maldita festa.

— Segundo round? – questionou demonstrando uma segurança que não sentia.

Fingiu não ver os hematomas no rosto dele. Não era problema seu apesar da imensa vontade de perguntar o que havia acontecido.

— Quero saber o que vai fazer para revidar – ele foi direto ao ponto.

Ela o encarou curiosa com a sinceridade explicita no rosto dele. Parecia que ele sentia necessidade de ser desafiado.

— Não vou revidar – falou sem desviar o olhar.

Essa declaração o pegou de surpresa.

— Duvido. Pretende se fazer de boazinha e me surpreender?

— Não sou nenhuma criança. Se eu fizer algo contra você certamente vai inventar alguma vingança. E isso vai virar um círculo vicioso. Prefiro que fique assim. Pegue seu troféu e me deixe em paz.

É a segunda vez que ela me chama de criança – pensou.

— Eu não vou te deixar em paz.

— Por que? Já não teve vingança suficiente?

— Não sei. Simplesmente não posso – olhou o colar que ela mantinha sobre a mesa. Era o mesmo que jogou no chão quando se conheceram. Devia ser importante para ela. E provavelmente a pedra que faltava foi culpa dele.

Levantou bruscamente e saiu em direção a sala exclusiva.

Antes que fosse muito longe a voz de Mel o fez parar por alguns instantes.

— Não devia se esconder atrás de uma máscara de homem mau se na primeira maldade fica tão perturbado.

Ele apenas balançou a cabeça como que para espantar a voz dela. E continuou seguindo seu caminho.

Mel não o seguiu com os olhos. Apenas pegou suas coisas e saiu do refeitório acompanhada por cochichos nada baixos.

Se tivesse olhado para trás, se o tivesse seguido com o olhar teria visto o príncipe da Coreia ajoelhado na sala de vidro esquadrinhando o chão em busca de uma pequenina pedra azul.

Quando ela chegou na sala de aula encontrou Sun-hee sentada em sua cadeira com a cabeça apoiada na mesa.

— Esse lugar tem dono – comentou para que ela percebesse sua presença.

— Mel – sua voz estava chorosa.

— Me chame de Alison, por favor.

— Você deve estar com muita raiva, mas me ouça. Te imploro.

— Não estou com raiva de você. Sei que tem uma explicação.

— Juro que não sabia o que aquele idiota pretendia. Se soubesse te levaria para longe daquele lugar. Eu não pude ir. Precisaram de mim no trabalho e não consegui te falar. Seu telefone deu desligado durante todo o tempo. Fiquei como louca tentando falar com você, mas em nenhum momento me preocupei que pudesse ser uma armadilha.

— Tudo bem! Deixei meu telefone em casa descarregado.

— Como não queria que ficasse sem uma pessoa amiga na festa liguei para Kwan e pedi que te fizesse companhia.

— Acho que o vi quando sai correndo e chorando como uma idiota – começava a se arrepender de ter empurrado Kwan e de dizer que ele era tão ruim quanto os outros. Agendou mentalmente que precisava encontrá-lo e se desculpar.

— Sinto que é tudo minha culpa. Você nem queria ir naquela maldita festa – Sun-hee sentiu as lágrimas descerem por sua face. Não conseguia deixar de pensar que era culpada por ter insistido na festa.

— Calma, não tinha como saber o que ia acontecer – Mel não gostava de vê-la triste. – Tem uma coisa que pode fazer por mim para compensar.

— Qualquer coisa.

— Não me deixe mais sozinha no refeitório. Se continuar me deixando sozinha vou achar que faz parte da "equipe Lee" – Mel tentou imaginar se as coisas seriam diferentes se Sun-hee estivesse com ela no refeitório na primeira vez que viu Lee. Nenhum cenário diferente vinha a sua mente. Para qualquer ângulo que levava o primeiro encontro deles sempre terminava em confronto.

— Você está sempre com Kwan. Não queria atrapalhar os pombinhos – o sorriso já sobrepunha as lágrimas.

— Somos amigos. Prometa que mesmo que ele esteja comigo vai sentar conosco.

— Até posso prometer, mas duvido que Kwan queira ser somente seu amigo. Ele parece ser tão legal não sei porque anda com aquele idiota.

— Até muito recentemente alguém chamava esse idiota de príncipe.

— Nenhum príncipe age dessa forma – estava vermelha de raiva. – Esse idiota não é nosso rei. Vamos nos vingar de algum jeito.

Mel não pode deixar de rir. A amiga parecia uma boneca até quando estava irritada.

— Na verdade nem estou tão chateada com o que ele fez. Algo me diz que esse tal príncipe está apenas obcecado por mim.

E eu não estou muito longe de sentir o mesmo – completou em pensamento.

— Como assim? – Sun-hee cheirou romance no ar.

— É só um pensamento.

— Nada disso. Está acontecendo alguma coisa. Por favor, me diz.

— Boa tarde! – o professor entrou na sala acabando com as esperanças de Sun-hee de saber o motivo do pensamento da amiga.

— Vou te perseguir até me contar o que está acontecendo – sem esperar respostas saiu de fininho para sentar em seu lugar.

Depois da pequena conversa no refeitório Mel mal via Lee. Ele não aparecia pelos corredores da Universidade. Mesmo sem perguntar acabou descobrindo que o sumiço dele era por causa de problemas na empresa e esses problemas envolviam o novo modelo que seu pai criou.

Sem demora pegou o celular de Sun-hee, que foi a seu apartamento tentar descobrir mais sobre o que acontecia entre Lee e ela, e ligou para Romulo.

— Oi, meu amigo. Como estão as coisas no Brasil?

— Um pouco agitadas por causa da divulgação antecipada do modelo novo. Mas você já sabia, não é? Por isso ligou – Romulo já conhecia os dois números que ela usava para ligar. O do celular que comprou logo que chegou em Seul e o da amiga Sun-hee. Quase sempre ela usava o de Sun-hee.

— É um dos motivos.

— Quanto a esse motivo fique tranquila. Seus funcionários são competentes. Não haverá maiores implicações do que o anúncio antecipado do modelo. As pessoas envolvidas só tinham as imagens não podiam roubar nada além do design e não teriam tempo para copiar. Inventaram que a empresa havia copiado a ideia, mas os culpados pela mentira já estão sendo desmascarados. No fim darão é mais visibilidade para sua empresa.

— Isso me tranquiliza – suspirou aliviada.

— E como vão as férias?

— Intensas. Pode verificar se tem alguma foto minha como Alison rodando pela internet? – havia pensando nisso logo depois que chegou ao seu apartamento depois da maldita festa. Teve medo que alguém tivesse filmado ou tirado fotos no momento em que estava sendo humilhada.

— Vou passar um pente fino.

— Obrigada!

— Sara me pergunta a todo instante sobre você. Está muito chateada por não saber onde você está e porque só fala comigo. Ela diz que já foi procurada várias vezes por Lucas e Vanessa para saber sobre seu paradeiro.

— Pode dizer parte da verdade. Diga que se eu contasse a ela certamente não conseguiria esconder de Vanessa que não conseguiria esconder da mãe e no fim todos saberiam.

Romulo riu alto do outro lado da linha. Mel estava completamente certa.

— Ok. Tenho algumas coisas para resolver. Sabe como me encontrar se precisar de algo.

— Sim. Obrigada por todo seu apoio desde sempre.

— É para isso que servem os amigos. Se cuida.

— Você também.

Desligaram.

O tempo todo Sun-hee ouvia a conversa, mas desistiu de tentar entender na primeira frase. O português era um bicho de sete cabeças em sua vida mesmo depois de tanto tempo correspondendo com Mel.

Costumavam conversar em coreano e em inglês.

Sem perda de tempo perguntou novamente sobre o motivo da amiga achar que o príncipe estava obcecado por ela.

— Se você ficasse comigo durante os intervalos saberia – entregou o telefone para ela. Mesmo sem motivos preferia usar o celular de outra pessoa para ligar para Romulo. Se sentia mais segura.

— Desculpe. Prometo que não sairei do seu lado – juntou as duas mãos implorando.

— Ele me procurou querendo saber o que eu faria para revidar o que aconteceu na festa. Parecia angustiado. Pode ser impressão, mas parecia que ele queria que eu revidasse.

— E você pretende fazer algo? – Sun-hee estava empolgada com a possibilidade de dar uma lição no príncipe.

— Não. Vou considerar que foi um trote como os que os calouros levam e seguir em frente.

— Mas ele quebrou sua correntinha. Devia aproveitar que ele se importa e usar isso a seu favor.

— Bobagem. Não quero estender isso. Prefiro fingir que ele não existe. E você pode me ajudar se parar de falar nele agora que te contei.

— Uau!!!

— O que?

— Você gosta dele. Como não percebi isso antes? Minha nossa!

— Muita calma nessa hora. Não crie fantasias em sua mente fértil.

— Mentirosa. Gosta dele sim. Seus olhos até brilharam ao falar dele. Eu é que fui burra de não perceber antes – a empolgação dela mudou de foco. Não queria mais dar uma lição no príncipe, queria ver um romance entre Mel e ele.

— É agora que te jogo pela janela? – Mel colocou a mão no queixo simulando pensar na ideia.

— Calma. Não vou falar mais do seu romance.

— Sun-hee – repreendeu.

Ela apenas riu. Desejava muito que algo bom como o amor acontecesse na vida da amiga depois de tudo que ela viveu e ainda vivia.

Tempestade de beijo

A chuva caia forte deixando Mel completamente encharcada, mas ela não se incomodava. Era a chuva de Seul, aquela em que os casais dividiam guarda-chuvas e beijos nos doramas.

Com um sorriso fixo no rosto ela caminhava lentamente observando as gotas de chuva baterem nas plantas que rodeavam a calçada e nas pequenas poças que se formavam ao longo do caminho. Sentia-se caminhando em um cenário de sonhos. O guarda-chuva, completamente seco, estava guardado na mochila impermeável. Sua patroa e amiga havia obrigado ela a levar, mesmo prevendo pelo rosto sorridente que Mel não usaria.

Lee passava pelas ruas do centro de Seul depois de uma tarde cansativa de reunião em pleno sábado. O motorista diminuiu a velocidade ao se aproximar de uma faixa de pedestre, foi quando ele a viu. Mel parecia uma menina brincando na chuva. Levado por um impulso desconhecido ele ordenou ao motorista:

— Pare o carro.

Mesmo sem entender o motivo da ordem o motorista encostou o carro.

— Pode ir. Ligarei se precisar de você – Lee falava já saindo para a chuva e batendo a porta.

O motorista pensou em oferecer o guarda-chuva, mas calou-se. Tinha amor ao seu trabalho. Depois de vinte e cinco anos trabalhando para a família sabia quando devia falar ou manter a boca fechada.

O carro havia parado bem à frente de onde Mel passaria. Lee caminhou na direção dela e percebeu o sorriso sumir do seu rosto quando ela o viu. Não gostou da sua atitude, mas se manteve firme mesmo sem saber o que realmente queria fazer.

Aquela era a primeira vez que Mel o via desde a conversa estranha no refeitório da universidade há mais de uma semana.

Ela continuou andando. Era um desafio para ambos e nenhum dos dois estava disposto a desviar um centímetro sequer.

Ele sorriu. Seu sorriso era mais perigoso que seu olhar sério.

Quando estavam quase trombando um no outro pararam e se encararam. Ambos com expressões de desafio em seus rostos.

Não falaram nada.

Mel imaginou se valia a pena seguir com a atitude infantil ou se devia desviar-se dele e seguir seu caminho. Enquanto isso a cabeça de Lee permanecia um turbilhão de pensamentos confusos. Era a primeira vez que uma mulher mexia com suas emoções de forma a chegar ao cúmulo de estar na chuva encharcado encarando-a.

Seu olhar se desviou por alguns instantes dos olhos castanhos para os lábios cheios. Soube porque estava ali. Item número um da lista: o beijo na chuva.

Com apenas um passo curto chegou perto o bastante para envolvê-la pela cintura com uma mão e segurá-la pelo pescoço com a outra. Não a deixaria escapar.

O beijo pegou Mel totalmente desprevenida. Principalmente porque não era como a maioria que via nos doramas: casto e rápido. A boca de Lee envolveu a sua e a língua dele invadiu exigindo que ela correspondesse. Ela perdeu a noção de tempo e espaço. Não sabia o que fazer com as mãos. Seu rosto virado para cima não sentia mais a chuva. Lee a protegia e a devorava.

Vagamente recordava que devia empurrá-lo, que alguém disse para ficar longe dele, que ele era um monstro insensível que a humilhou publicamente. Eram apenas vagas lembranças. Correspondia ao beijo como se experimentasse uma fruta deliciosa.

Era o seu primeiro beijo. O beijo que guardou para a pessoa que amaria para sempre.

Quando por fim ele afastou percebeu que ela estava ofegante e confusa quis levá-la para um lugar quente e aconchegante, mas estava perdido nas novas sensações e irritado por ter sido tão abalado por um beijo.

A encarou por alguns instantes com um olhar indecifrável e deu-lhe as costas saindo rapidamente.

Mel apenas o observou partir. As costas largas sumindo aos poucos. Levou os dedos aos lábios acariciando-os enquanto recordava o beijo.

— O que foi isso? – perguntou para a chuva com o rosto voltado para o céu e os dedos ainda nos lábios.

Se perguntou se aquele beijo era algum tipo de plano para que ela pagasse pelo soco. A lembrança daquele dia e do pingente quebrado substituiu o que sentia por causa do beijo. E ela, decidida a não se abalar por nenhuma armadilha, atravessou a rua e correu em direção ao apartamento.

Em seu apartamento Mel rolava de um lado para o outro na cama sem conseguir dormir.

Lee não é o homem certo para mim – repetia mentalmente revoltada com o rumo de seus pensamentos.

Sabia disso desde a primeira vez que o viu, mas já havia percebido que seu coração insistia em acelerar toda vez que ele estava próximo.

Como poderia me apaixonar por um homem que era considerado o príncipe da Coreia do Sul? Além disso ele parecia ser prometido a outra mulher – questionava o teto escuro.

E o que foi aquele beijo?

Não esperava por aquilo quando decidiu se jogar na chuva. Tudo que queria era a alegria de sentir as gotas frias e constantes.

Estava claro que ele sabia da sua lista de coisas para fazer na Coreia. E que pretendia usar isso a seu favor.

Quando Mel o viu todo molhado e sorrindo teve certeza de que ninguém nunca a faria sentir como ele. Estava perdida.

O Testamento

Quando Lee chegou em casa aproveitou que não viu a mãe para esconder o fato de ter chegado em casa de táxi e todo ensopado. Só saiu do quarto na hora do jantar.

A encontrou lendo uma revista sobre economia. Sua mãe era o tipo de pessoa que gosta de saber sobre tudo; de moda ao mundo financeiro.

— Recebi um telefonema do advogado do seu falecido pai. Ele virá aqui para a leitura do testamento amanhã pela manhã. Espero que esteja presente – comunicou assim que o filho se sentou ao seu lado.

— Estarei mãe – respondeu rodando o anel em formato de dragão no dedo.

— Algum problema? Você parece distraído – largou a revista e encarou o filho.

— Nenhum novo. Apenas ainda não finalizei a questão do novo modelo de carro. Já devia ter resolvido isso.

— Você é extremamente competente. Sei que isso logo será resolvido.

Lee não respondeu. Ouvir de sua mãe que era competente era o prêmio que ele buscava diariamente desde sempre, mas desde a morte de seu pai que não sentia a mesma necessidade de aprovação.

Jantaram conversando sobre a empresa, porém logo o casamento com Eun-Kyung surgiu na conversa. Ele apenas concordou com tudo que a mãe dizia. Não achou que era o momento certo de dizer que cada vez menos desejava esse casamento. Muito menos que uma estrangeira havia mexido completamente com ele e que passava quase que cada segundo pensando no inesquecível beijo deles.

Por que não consigo te esquecer? – pensou enquanto ouvia a mãe dizer possíveis datas para o casamento.

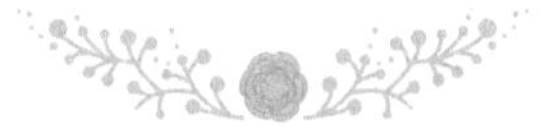

No dia seguinte o advogado chegou logo após às nove da manhã. Depois dos cumprimentos iniciais se reuniram na biblioteca e o advogado começou a ler o testamento.

Começou descrevendo as propriedades e posses de Lee Chung-ho, mas finalizou a leitura com algo que nem Ahn Young-Soo ou filho aguardavam.

"Todos os meus bens listados deverão ser entregues ao meu filho Lee Kang Dae com a condição de que ele viva sem dispor de nenhum valor durante o período de seis meses. Dentro desse período se houver qualquer ajuda por parte de familiares, sócios e/ou funcionários da empresa o testamento será anulado. Sendo anulado disponho de outro onde meus bens serão doados e as ações da empresa divididas entre os funcionários de menor salário."

— Ele quer que eu viva como um mendigo para herdar a empresa? – Lee levantou exasperado interrompendo a leitura.

— Seu pai não estava em seu juízo perfeito. Isso é claro! - Ahn Young-Soo completou

— O testamento é válido. O senhor Lee Chung-ho pretendia com isso uma garantia da responsabilidade do seu herdeiro.

— Depois de passar minha vida inteira com ele e na empresa, ele ainda não sabia da minha responsabilidade?

— Lee Chung-ho me disse quando fez esse testamento que você entenderia. Vendo sua atitude percebo que estava errado e que fez bem em criar essa cláusula.

— Sua função aqui hoje é ler e não opinar – Lee respondeu com raiva.

Não estava com raiva da cláusula no testamento. Seis meses não são nada. Estava com raiva de descobrir que seu pai não confiava nele mesmo depois de tudo que viveram juntos. Mesmo que ele tenha sido responsável pela criação do seu caráter.

— Se você aceitar a condição do seu pai receberá salário mensalmente como qualquer funcionário da K1 Corporation, mas o salário será equivalente ao do funcionário no menor cargo. Também terá pessoas vigiando sua vida, mas não serão pessoas identificáveis, garanto. Poderá viver esses seis meses normalmente.

— Normalmente? – sua mãe interviu. – Como poderia viver normalmente se não terá o apoio da família com o qual sempre viveu?

Lee percebendo que não fazia sentido discutir a última vontade de seu pai finalizou antes de sair da sala:

— Eu aceito.

Não minta para o seu coração

— O que está olhando?

Mel se virou com um grito preso na garganta. Demorou alguns segundos para se acalmar mesmo ao ver que a pessoa que a surpreendeu era Sun-hee.

— Quer me matar do coração? Não estava olhando nada.

— Sei – ela puxou a amiga de lado e olhou o que estava no campo de visão delas. – Você tem interesse nele. Só não consegue admitir ainda. Não esqueci que me disse que ele tem uma obsessão por você.

— Não tenho interesse em ninguém. Esqueça o que eu disse.

— Claro que não tem. Estava aqui parada atrás de uma árvore observando o casal à frente simplesmente porque não tem interesse em nenhum dos dois. É apenas um hobby.

— Você fala demais! Vamos para o trabalho. Não quero atrasar.

Sun-hee apenas riu da negação veemente da amiga em aceitar que tinha uma queda pelo príncipe.

Mel ainda deu uma olhada para trás. E sentiu um aperto no peito ao ver Eun-Kyung e Lee abraçados.

Lee queria esquecer o beijo na chuva e focar em outros assuntos. A única forma em que pensou foi convidar Eun-Kyung para sair. A garota ficou eufórica e o abraçou na entrada da universidade. Ele estava prestes a afastá-la, pois não gostava desse tipo de demonstração de carinho, mas viu que Mel estava tentando se esconder atrás de uma árvore para não ser vista. E fez o contrário do que queria; retribuiu o abraço e ficou algum tempo assim.

Só quando viu ela se afastar com uma amiga que afastou Eun-Kyung.

Como combinaram a noite se encontraram para jantar e depois foram para um hotel, mas em nenhum momento ele conseguiu esquecer o rosto, a voz ou o gosto do beijo de Mel.

— Vou te levar em casa. Não quero dormir aqui – declarou antes que Eun-Kyung pegasse no sono.

— Tudo bem com você? – questionou preocupada.

— Estou perfeitamente bem. Não se preocupe.

— É só que estou acostumada com seu lado quente e com seu lado frio. Esse seu lado morno eu não conhecia – comentou sem saber bem o que dizer.

— Não gostou? – Lee entendeu que ela estava questionando sua performance sexual.

— Não foi o que eu quis dizer. Só me preocupei porque está diferente, distante – respondeu disposta a evitar um discursão.

— Vamos parar de conversa. Vou tomar um banho. Esteja pronta para partir – falou friamente.

— Com isso estou acostumada – Eun-Kyung falou baixinho, enquanto ele seguia para o banheiro; se referindo ao tom frio na voz dele.

Em pouco tempo estava cada um em sua casa. Cada um em sua cama. Cada um com seus pensamentos.

Uma semana depois.

Lee entrou, trocou os calçados e observou o lugar. Tinha chegado o momento de cumprir a exigência do testamento de seu pai.

O apartamento era modesto, mas espaçoso. Havia a sala, uma cozinha separada por um balcão, e um banheiro entre dois quartos. Não estava muito feliz em ter que satisfazer o último desejo do pai. Apesar de não ser uma pessoa fissurada em riqueza sabia que iria estranhar cada momento por ter vivido sempre em meio ao luxo e rodeado de empregados.

Seu colega de apartamento parecia ter saído. Enquanto analisava cada um dos poucos cômodos imaginava como Kim Dong-sun soube do imóvel para indicá-lo. Foi quando teve a ideia. Ignorando que o tal Alison poderia não gostar chamou seus dois melhores amigos para conhecerem seu lar provisório.

Em alguns minutos eles chegaram e começaram a discutir sobre a faculdade, o testamento, entre outras coisas enquanto comiam Chikin[8] e bebiam cerveja que eles pediram.

— Você tem visto a Morena? – Kwan questionou diretamente a Lee abrindo a segunda lata.

---

8. Chikin: frango frito.

Instantaneamente ele lembrou do beijo.

— Quer me provocar? Saiba que não vai conseguir – tossiu quase engasgando com a cerveja e mudou de assunto. – Vou aproveitar esses seis meses de castigo para me divertir sem ter que dar satisfação a minha mãe. No testamento do meu pai não havia nenhuma cláusula que me impede de extorquir meus amigos.

— Eu gosto da Morena – Kwan insistiu. Ultimamente falava dela quase sempre.

— Tem que dizer isso para ela e não para mim – Lee se irritou. De repente a ideia do amigo com a garota morena que povoava seus sonhos e pensamentos não o agradava. Sentiu vontade de dizer para que ele ficasse longe dela.

— Vou dizer para ela. Estou apenas aguardando o momento certo.

— O momento pode passar sem você perceber. Geralmente só fica com a mocinha quem tem coragem de se jogar, de se arriscar – Kim Dong-sun quis dar sua opinião.

— Você anda vendo romances demais na TV. Devia procurar uma ocupação.

— Depois não diga que não avisei.

— Dá para mudar de assunto? – Lee virou para o amigo que entrou na conversa dos dois. – Quero saber como conseguiu essa vaga nesse apartamento Kim Dong-sun.

O outro largou a lata de cerveja sobre a mesa e cruzou as pernas antes de responder com um sorriso cheio de mistério.

— Soube que nesse lugar os desejos mais secretos são realizados, mas só para pessoas que tem coragem de se jogar.

— Duas cervejas já te deixaram assim? – Kwan provocou.

Os três riram.

— Esperem. Apenas esperem – falou virando os últimos goles da cerveja. Sabia muito bem com quem seu amigo dividiria o apartamento pelos próximos meses, mas não perderia a chance de surpreendê-lo. De ver como seria divertido os próximos meses.

Quando soube que ele precisaria ficar em um lugar que desse para pagar com o valor do salário do funcionário mais baixo na hierarquia da empresa decidiu procurar para ele. E a primeira pessoa a quem pediu ajuda foi Sun-hee.

Pensando nisso caiu na gargalhada. Os outros dois acompanharam suas risadas. Conheciam a personalidade do amigo e sabiam que a gargalhada significava que ele estava aprontando algo.

— E o seu colega de quarto? Já se conheceram? Onde ele está? – Kwan perguntou.

— Não vi nem ouvi. Ou está dormindo ou nem está aqui. Fico pensando como deve ser esse tal de Alison.

Apesar de achar o nome familiar Kwan não ligou os pontos.

— Eu o conheço. Pode ficar tranquilo. Tenho certeza que vocês vão se dar bem - Kim Dong-sun declarou confiante.

— Espero que sim. Já não basta ter que fingir ser alguém que não sou por causa de um testamento. Não preciso de um colega de apartamento inconveniente.

Mel ouviu o barulho de pessoas no apartamento, mas estava muito cansada e doente para ver quem eram. Outro banho de chuva não planejado e sem beijo foi o responsável pela gripe que se instalou nela.

Possivelmente é o novo morador com quem dividirei o lugar – pensou sem forças para satisfazer a curiosidade. Aparecer para dar as boas-vindas com cara de zumbi estava fora de cogitação.

Somente quando não ouviu mais barulho foi que saiu do quarto. Precisava de água para tomar o comprimido ou não conseguiria participar das aulas no dia seguinte.

Com certa dificuldade andou apoiando em tudo em que podia.

Abriu a geladeira e despejou a água no copo. Queria voltar a deitar logo. Seu corpo exigia.

A luz da sala se acendeu enquanto ela engolia o comprimido e a água.

Foi quando o viu.

Seu corpo já debilitado entrou em choque e o copo caiu espatifando vidro e o resto da água.

— O que está fazendo aqui garota?

— Eu moro aqui – respondeu após alguns instantes de hesitação.

— Como assim? Kim Dong-sun me disse que eu dividiria o apartamento com um tal de Alison.

— Eu sou Alison. Esse nome não é exclusivamente masculino – arrependia-se de não ter feito perguntas sobre o novo morador. Apesar de saber que não podia interferir uma vez que estava ali praticamente de favor. Enquanto não resolvesse sua situação no Brasil era como se fosse alguém sem qualquer condição financeira.

— Pois eu não pretendo dividir nada com você. Amanhã mesmo vou processar aquela golpista que enganou meu amigo – se jogou no sofá mantendo a máscara de raiva.

Era um blefe. Durante os próximos meses não teria acesso aos advogados da família. E usar o advogado de um amigo seria como tentar burlar a vontade de seu pai. Ele nunca faria isso, mas ela não precisava saber.

Mel se mantinha de pé com dificuldade. Evitava olhar a bagunça no chão.

— Podemos discutir isso amanhã, por favor? Não estou em condições de discutir com você nesse momento.

Ela reuniu toda a força que podia e se preparou para sair correndo e se trancar no quarto.

— Pare ai mesmo!

Como se ouvisse seus pensamentos Lee ordenou.

Em poucos passos chegou perigosamente perto. O cheiro dele trazia as lembranças do beijo na chuva e deixava Mel zonza.

— O que está fazendo? – protestou quando se viu nos braços dele sendo carregada para o quarto.

— Essa é minha casa. Pelo menos até amanhã. Não quero que suje minha cozinha de sangue ao pisar na bagunça que você mesma fez.

Passavam devagar pela sala.

— Já não estamos mais na cozinha. Pode me colocar no chão.

— Cale-se.

Sem dificuldades Lee abriu a porta do quarto e a depositou na cama.

— Você está com febre. Já se medicou? – ao mesmo tempo em que as palavras saiam ele se questionava por que tinha que se preocupar com ela.

— Acabei de fazer isso.

— E por que não o fez antes? – insistia em ficar irritado com o fato dela estar doente.

— Não queria aparecer no que parecia ser uma festa de boas-vindas.

Lee pensou em argumentar que parecia não ter ninguém em casa, mas mudou de ideia.

— Tem medo de pessoas a ponto de morrer para não ser vista?

— É somente um resfriado. Vou descansar e amanhã terei forças para retrucar suas provocações.

Resmungando Lee saiu do quarto.

Mel de repente sentiu muito frio. Puxou o cobertor até o pescoço e se encolheu dentro dele.

Ouviu que a porta foi novamente aberta, mas não quis abrir os olhos. Nem mesmo quando sentiu a compressa fria em sua testa.

Não havia barulho no quarto.

Imaginando que a sensação era parte de algum delírio da febre ela por fim dormiu.

Lee observava a mulher dormindo. Decididamente preferia a atrevida de antes. Vê-la doente não o agradou em nada.

Ela respirava pesadamente.

Depois de algum tempo sentado no chão trocando as compressas Lee estava quase dormindo, mas satisfeito que a febre estava passando. Cansado encostou a cabeça na cama disposto a descansar os olhos por alguns minutos. Dormiu segundos depois.

Durante a madrugada Mel acordou com sede. Quando abriu os olhos viu Lee dormindo encostado na cama.

Levou a mão para acariciar o belo rosto do homem arrogante, mas desistiu. Sabia que se ele acordasse não seria um príncipe encantado, mas sim um dragão irritado por ter sido pego em tal situação. Demonstrar carinho não era o forte dele, soube desde a primeira vez que o viu com a noiva.

Ela simplesmente pegou a água que ele havia colocado na mesinha de cabeceira e depois de saciar a sede se deitou com o rosto bem próximo ao dele e adormeceu memorizando cada detalhe da sua face.

Se o tivesse conhecido antes da morte do seu pai certamente aceitaria do desafio de conquistá-lo mesmo ele sendo um monstro insensível.

Poucos instantes após ela voltar a dormir Lee despertou e caiu para trás com o susto. Estavam tão próximos.

Com medo de tê-la acordado, levantou devagar pronto para inventar uma desculpa qualquer para estar ali ou sair correndo.

Viu que ela ainda dormia. Parecia estar bem melhor.

Os lábios carnudos dela eram tão convidativos. Lembrou do beijo e teve que se arrastar para fora do quarto.

Fora do perigoso ambiente resolveu limpar a bagunça na cozinha e preparar o café da manhã.

— Já estou agindo como um pobre – reclamou em voz alta enquanto limpava o chão.

Minutos depois, antes de terminar o café da manhã viu Mel passar correndo para o banheiro levando uma sacola.

Ficou imaginando se rejeitaria dividir o apartamento se soubesse que era ela quem seria *seu* colega.

Quando ela saiu do banheiro já estava tudo disposto na mesa.

Lee observou satisfeito ela sentar no sofá sem saber como agir.

— Coma. Não quero que me passe uma doença nesses poucos dias que ficaremos no mesmo apartamento.

Timidamente Mel sentou-se em frente a ele. Mas por pouco tempo.

Com certa brutalidade Lee levantou, pegou suas coisas da faculdade e sem olhar para ela avisou:

— Não conte para ninguém que moramos juntos.

Saiu batendo a porta atrás de si.

Mel olhou a mesa onde havia arroz, kimchi e sopa de legumes. Desde que chegou em Seul não tinha preparado nada parecido. Comia o que era mais fácil de fazer mesmo que Sun-hee enchesse a geladeira. Sabia que era péssima na cozinha em qualquer país.

Enquanto comia sua mente tentava trabalhar em uma solução para sua situação, porém nada parecia resolver. Chegou a pensar em voltar para o Brasil, mas sentia um imenso vazio sempre que pensava no reencontro com as pessoas que planejaram sua morte.

Amor ou amizade?

Já na universidade Mel mal conseguia ouvir as palavras dos professores. E o que mais a deixava chateada é que além da preocupação sobre a questão do apartamento ainda tinha que lidar com um sentimento bobo que insistia em mexer com ela: a vontade de beijar Lee novamente.

Sentada num dos bancos próximo das árvores, que haviam ao redor das quadras, se assustou com a chegada repentina de Kwan.

— Olá Morena!

Só por vê-lo um sorriso se desenhou em seu rosto.

— Olá Branco! – brincou.

— Pensando na vida? – sentou ao lado dela e observou alguns alunos que passavam ao longe.

— Pensando que nos últimos meses a vida tem me pregado mais peças que durante toda minha vida.

— Quando estiver pronta pode contar com minha ajuda.

Mel olhou o rosto do seu amigo asiático. Desejou poder contar para ele pelo menos sobre o infortúnio de morar com alguém tão desagradável, mas recordou a ameaça de Lee e se calou.

Também queria dizer que apesar de gostar do apelido carinhoso seu nome é Mel. Sentia falta de ser chamada pelo nome. Cada vez gostava menos do nome que escolheu para os documentos falsos.

Suspirou e mudou de assunto:

— Que tal eu pagar o encontro que te devo hoje?

Kwan a olhou animado.

— E o seu trabalho?

— Estou um pouco doente. Posso pedir para minha amiga me substituir. Ela consegue fazer o trabalho de duas sem problemas.

— Então vamos agora mesmo. Vou te levar apenas para lugares calmos e com muitas coisas gostosas.

Levantou e a puxou pela mão em direção ao seu Zenvo ST1 verde.

Já haviam conversado sobre o carro. Kwan cheio de orgulho contará que coleciona carros especiais. Que precisou de muitos contatos para estar na lista dos quinze escolhidos para comprar aquele, pois só existiam quinze desse modelo.

— Sinto falta de chocolate quente – confessou seguindo o amigo sob alguns olhares de inveja.

— Já sei onde vamos primeiro – ele declarou ainda mais animado.

Depois de dirigir por alguns minutos Kwan parou o carro em frente a um lugar lindo e aconchegante.

— Esse café é de um amigo. Vai provar o chocolate mais delicioso que existe.

Mel quase bateu palmas de alegria.

Quando estendeu a mão para abrir a porta Kwan interrompeu:

— Espere.

Ele desceu do carro e abriu a porta para ela descer fazendo uma teatral reverência.

Mel sorriu, mas logo seu sorriso se transformou em uma careta que precede um espirro. O resfriado ainda incomodava.

— Vamos. Não está completamente curada. Um chocolate quente vai te ajudar.

Antes de entrar Mel ficou alguns instantes admirando a entrada do café. As paredes pintadas simulando pequenos tijolos, as duas partes da imensa porta de vidro circuladas por trepadeiras de folhas redondas, a placa preta informando a giz as delicias disponíveis.

Mas o que mais a atraiu foi o cheiro sutil de canela. Agradeceu por seu resfriado não a impedir de sentir esse cheiro.

Ficou mais encantada ainda com o interior do lugar; o telhado baixo com luzes suaves, as paredes pintadas para dar a impressão de pequenos tijolos como o exterior, sofás espalhados pelos cantos e mesas e cadeiras de madeiras preenchiam o resto do ambiente. No fundo havia, além do caixa, um imenso balcão com variedades de doces, tortas e um monte de comida que Mel não conhecia. Ela queria experimentar tudo.

Kwan a guiou para um dos sofás e se sentaram. Logo uma garçonete chegou e Mel deixou que Kwan fizesse os pedidos: chocolate quente, bolo de limão e doces de Tteok[9].

Comeram e conversaram sobre um monte de coisas distraidamente.

Kwan não conseguia pensar em uma forma de dizer o que estava entalado na sua garganta. Deixava os momentos passarem sem usar.

Depois do café foram ao cinema e assistiram uma comédia, caminharam pelo shopping, visitaram o zoológico e, por fim, visitaram um restaurante onde um pianista tocava músicas suaves.

Era sua última chance. Não podia estender mais o encontro mesmo que desejasse que o dia fosse mais longo para estar mais tempo com ela.

Durante a sobremesa quando ele criou coragem para dizer o que sentia ela se adiantou e perguntou algo que a estava incomodando.

---

9. Tteok - massas feitas de arroz, bem macias, que são a matéria-prima de doces variados, recheados com pasta de gergelim ou feijão, moldados em pequenos bocados.

— Por que seu amigo Lee Kang Dae é assim tão arrogante?

Kwan ficou surpreso com a pergunta, mas foi sincero ao responder:

— Ele tem seus problemas e suas responsabilidades. Coisas demais para apenas uma pessoa.

— Não deve ter tantos assim ou me deixaria em paz. Parece que para me perturbar ele sempre tem tempo.

— O que quer dizer com isso?

— Eu quero dizer que acho que ele é obcecado por mim. Ele armou todo um espetáculo para me humilhar depois aparece do nada e rouba meu primeiro beijo... – Mel só percebeu que falou demais quando viu que Kwan a olhava boquiaberto.

Definitivamente não queria ter falado sobre aquele beijo para Kwan. Nem para Sun-hee havia dito o que aconteceu.

— Desculpe por falar de coisas tão insignificantes em nosso encontro. Você deve achar que sou um tédio de companhia. Vamos falar de coisas boas. Quando vai ser seu próximo show?

Kwan aceitou sua sugestão de mudar de assunto, mas ao contrário de falar do show fez uma pergunta que Mel não esperava.

— Você já percebeu que gosto de você?

— Claro. Ou não seriamos amigos – parou o pedaço de torta antes de chegar a boca. – Espere. Quer dizer, mais que amizade?

— Pensei que estivesse na cara. Meus amigos já perceberam. O que ainda não sei é se tenho alguma chance com você. Tenho? – falou sem rodeios.

Mel queria muito se jogar em um belo sentimento por Kwan, mas a única coisa que sentia era uma imensa amizade. Isso a deixou triste. Não conseguiu responder. Pousou o pedaço de torta de volta no prato e ficou olhando para ele por longos instantes.

— Estraguei nosso encontro – Kwan comentou ao ver a reação dela.

— Desculpe, Kwan. Gosto muito de você. Sabe disso, mas ...

— Seu amor não ultrapassa as barreiras da amizade – completou por ela.

— Fico chateada porque sei que seriamos muito felizes juntos. Não entendo porque sinto essa necessidade de não tentar – o fato de nem querer tentar para ver se nascia amor da semente da amizade realmente a deixava triste.

— Eu entendo. Seu coração já pertence a outro.

— Como? Não. Não tenho ninguém.

Kwan sorriu.

— Eu não perguntei, querida Morena. Foi uma afirmação. Ele está em seus pensamentos agora mesmo.

Mel não respondeu. A resposta dela seria uma pergunta e essa pergunta afirmaria o que Kwan disse. Queria perguntar: *Você acha que gosto do Lee?* Porque era nele que estava pensando.

Jamais perguntaria isso.

Mas não foi necessário.

— Percebi a forma como se olham e ouvir você falar dele, sobre o quanto um beijo que ele roubou te abalou comprova o que eu não gostaria que fosse verdade – ele continuou ao perceber que ela não admitiria. – Estou falando do meu amigo Lee Kang Dae.

— Está louco se acha que gosto daquele ser humano desprezível. Sabe muito bem tudo que ele fez contra mim – Mel tentou parecer ofendida, mas a verdade cutucava dizendo para deixar de tentar fugir do que sentia desde a primeira vez que o viu caminhando na direção da sala onde tiveram o primeiro confronto.

— Sim, eu sei o que ele fez com você. Assim como sei o quanto ele está obcecado por você e o quanto sofreu perturbado após o que fez na festa. Sei mais que ele o quanto gosta de você e me atrevo a dizer que sei mais que você o quanto gosta dele.

Lembrou das palavras de Kim Dong-sun sobre os homens que ficavam com as mocinhas. Revoltado percebeu que ele estava certo. Percebeu que de alguma forma Lee Kang Dae tinha alcançado o coração da morena. Ele foi a pessoa que se jogou sem medo.

— Quando uma conversa que se iniciou com você se declarando chegou ao ponto de defender os sentimentos de outra pessoa?

Sem respostas Kwan caiu em uma gargalhada intensa, ciente do quanto a situação era cômica. Logo Mel o estava acompanhando.

Ele realmente não sabia porque fez a besteira de estender a conserva sobre seu amigo quando deveria simplesmente responder ao comentário dela vagamente e pedir que ela tentasse amá-lo como homem.

Foi um covarde. E pagaria por isso.

Momentos depois ele a deixou na porta do prédio onde ela pediu e se despediu como uma promessa e um beijo no rosto.

— Serei seu amigo até o momento em que me olhar com outros olhos.

Ela apenas aceitou sua promessa com um aceno de cabeça.

Durante todo instante Kwan estava tão envolvido com Mel que a coincidência dela morar no mesmo prédio onde Lee Kang Dae passava os seis meses exigidos no testamento passou despercebida.

Os dramas não são românticos?

— Está melhor do resfriado? – Lee perguntou assim que Mel entrou em casa. Depois que Kwan a deixou na entrada.

Pela janela ele viu quando ela saiu do carro dele. E mesmo que não confessasse foi corroído pelo ciúme.

— Sim. Agradeço a preocupação – respondeu friamente. Estava chateada por não se sentir atraída por Kwan. Por ter rejeitado seu amor. E bem mais chateada por ouvir dele que gostava dela e depois afirmar que ela gostava de outro. O maior problema é que ela realmente se sentia atraída por esse outro apesar de tudo.

— Ótimo.

Nenhum dos dois falou sobre terem dormido no mesmo quarto.

Mel só percebeu que havia algo mais naquela pergunta quando viu a mãe de Sun-hee sentada no sofá.

— Você já conhece a senhora Kim Min Young?

— Boa tarde, senhora! – cumprimentou curvando o corpo como aprendeu nos doramas e durante seus poucos dias em Seul.

— A senhora Kim Min Young veio para resolvermos a questão do apartamento – Lee declarou sem rodeios.

— O que decidiram?

— Que você precisa sair. Não posso dividir meu apartamento com uma mulher. Pelo que eu soube você não possui contrato.

— É verdade. Não possuo contrato, mas essa história de dividir com homem ou mulher não é importante se ambos se respeitam.

— Filha, você pode ficar na minha casa até encontrar outro lugar. Infelizmente não posso enfrentar uma ação judicial – Kim Min Young interrompeu quando percebeu que Lee estava pronto para retrucar.

Mel desistiu de discutir desarmada pelas palavras da senhora que foi tão boa com ela oferecendo moradia.

— Não se preocupe. Hoje mesmo encontrei outro lugar. Vou morar em um quarto no restaurante onde trabalho – mentiu. – Mas peço que a senhora não conte a Sun-hee. Ela pode ficar preocupada sem necessidade. Quero contar para ela quando já estiver instalada.

A senhora Kim Min Young assentiu. Nunca tinha visitado o trabalho da filha, mas decidiu que o faria em breve, pois precisava agradecer a bondade da senhora Park para com a amiga dela.

— Então estamos combinados. Como amanhã é domingo você terá muito tempo para a mudança – Lee escondeu a decepção que sentiu por ela não insistir.

— Eu avisei lá que iria hoje mesmo. Vou arrumar uma mala e se não conseguir levar tudo busco outro dia. Pode ser?

— Perfeito.

— Com licença. Vou arrumar minhas coisas. Senhora Kim Min Young, obrigada pela oferta. Verei a senhora e Sun-hee no domingo.

Quando saiu do apartamento Mel não viu Lee. Ele devia estar no quarto. Deixou a chave em cima da mesa e arrastou a mala de rodinhas com as poucas coisas que possuía.

Andar em ruas desconhecidas a procura de um Jjim-jilbang[10] não foi uma boa ideia. Nos doramas as mocinhas sempre apareciam do nada em um lugar onde guardavam suas coisas em armários enquanto dormiam para correr atrás dos sonhos no dia seguinte.

Com Mel começou dando errado quando ela não conseguiu encontrar os endereços que havia anotado para o caso de precisar. E não queria pedir Romulo para enviar dinheiro ou denunciar sua localização usando um cartão.

Depois de muito procurar e de receber orientações incorretas, acabou decidindo fazer como Will Smith no filme À *procura da felicidade* e dormir em um banheiro do metrô.

Também não deu muito certo.

Poucos minutos depois de entrar uma funcionária bateu na porta várias vezes. Ela tentou ignorar, mas teve que abrir.

— Você não pode passar a noite aqui – a funcionária olhava Mel de cima a baixo desconfiada de que estivesse fugindo de casa ou que fizesse parte de alguma rede de prostituição.

— Desculpe senhora. Não pretendo passar a noite aqui. Apenas passei mal quando ia para o hotel. Deve ter sido a falta de costume com a culinária coreana – mentiu.

— Sei. Está tudo bem? Deseja que eu chame uma ambulância?

Mel percebeu que a mulher duvidava da sua história.

— Não será necessário. Poderia apenas me dizer o hotel mais próximo daqui?

10. Jjimjilbang: casa de banho pública segregada por gênero, equipadas com chuveiros, saunas e mesa de massagem. No entanto, em outras áreas do edifício ou em outros andares existem áreas unissex, geralmente com lanchonetes, TVs, quartos com beliches ou tapetes de dormir; etc.

— Tem o hotel *Real*. Assim que sair da estação conseguira vê-lo. É caro, mas é o mais próximo. Posso indicar alguns alojamentos mais baratos se quiser.

Mantendo um orgulho fora de hora Mel ignorou que era exatamente isso que estava procurando e respondeu:

— Esse está ótimo. Tenha uma boa noite!

Saiu com um sorriso no rosto. Sorriso que foi se apagando de acordo com o que se afastava da mulher.

— Como Lee pode ser tão cruel depois de ter me beijado e de ter cuidado de mim? – falava alto para si mesma enquanto lágrimas desciam por seu rosto.

As ruas pareciam propositalmente desertas.

— Devia socá-lo outra vez. Devia amarrá-lo e bater nele até cansar.

— Monstro insensível. Babaca, idiota, sem noção – ia repetindo ofensas na esperança de que a raiva diminuísse.

Nem sabia mais para onde estava indo. Só queria andar e xingar.

Mesmo com tudo que aconteceu na sua vida eram raras as vezes em que chorava desde a morte do pai. Quase todas as vezes foi por culpa de Lee.

Passou a mão livre no rosto quase com violência. Não estava exatamente com raiva dele. A raiva era do seu coração idiota que sempre batia acelerado quando pensava nele.

Se perguntassem, ela negaria, mas estava perdidamente apaixonada pelo Príncipe da Coreia do Sul.

Caminhava sem destino certo. As ruas pareciam cada vez mais assustadoras.

Alguma coisa estava errada. Lee revirava na cama, mas não conseguia dormir. Incomodado levantou e pegou uma cerveja.

Não queria admitir, mas estava preocupado com Alison. Ela sempre o desconsertava e isso o fazia agir sem pensar.

Podia voltar para a casa dele em menos de seis meses e nada sabia sobre o lar dela.

Revoltado com o excesso de preocupação pegou o telefone e ligou para a uma das poucas pessoas que poderia dar alguma informação.

— Alô - Kwan respondeu do outro lado da linha. Estava parcialmente bêbado. Tentava esquecer a rejeição de Mel com cerveja e Soju.

— Você tem o telefone do trabalho de Alison?

— Quem é Alison? Morena?

— Sim.

— Tenho, mas não sei se ela deseja que eu te passe.

— É um restaurante. Que segredo tem nisso? O telefone dela eu já tenho.

— Tudo bem! Anote ai – não estava muito disposto a conversar com Lee naquele momento.

Lee anotou o número e agradeceu.

Após desligar já discou número do lugar.

— Restaurante Recanto do Sabor, boa noite! – a senhora Park atendeu mesmo fora do expediente.

— Boa noite! Quero pedir uma porção para entrega – inventou sem muita certeza de como perguntar o que queria saber.

Precisava de uma forma de perguntar se Mel chegou no local e se estava bem.

— As entregas foram encerradas faz algumas horas. Peço desculpas – nos fins de semana ela não abria o restaurante para os clientes, mas fazia entregas.

— Vocês têm uma funcionária chamada Alison?

— Sim. Ela trabalha a tarde de segunda a sexta.

— A mãe dela me pediu para entregar uma encomenda e disse que ela mora no trabalho. Será que posso levar agora? – mentiu.

— Olha, existe alguma divergência de informação. Ela só trabalha aqui em meio período. Não mora aqui – não quis passar muita informação porque sabia que a mãe da sua funcionária, que fingia se chamar Alison, estava morta e que ela estava escondida em Seul de pessoas ruins.

— Tem certeza? – Lee insistiu.

— Sou a dona. Como poderia não saber? Além do mais não existe possibilidade de uma pessoa morar em um restaurante.

— A informação que me deram é que tem um quarto em cima do restaurante.

— Você foi enganado. Sinto muito, mas preciso desligar.

Sem agradecer, despedir ou esperar mais informações Lee desligou.

— Onde será que aquela maluca se meteu?

Reclamando ele pegou a chave da sua Harley Davidson Cvo Breakout; único bem que pode levar para sua nova vida, pois ganhou de seus amigos, e partiu pelas ruas de Seul.

Sem saber onde procurar vagou por pouco menos de duas horas. Quando estava quase desistindo uma movimentação estranha chamou sua atenção.

Viu uma garota correndo em direção a um beco e logo atrás quatro homens corriam atrás dela. A garota parecia Alison e a mala que um dos homens carregava era bastante suspeita.

Seguiu para o beco, parou a moto na entrada e entrou em silêncio.

Aos poucos ia ouvindo a conversa entre os homens e a garota.

— Não queremos sua mala estrangeira. Por que a deixou para trás?

— O que querem? – sua voz não demostrava nenhum resquício de medo.

— Mostrar como somos um povo hospitaleiro – um deles respondeu. Era um coreano de baixa estatura, mas extremamente gordo. Se não fosse a ameaça explicita em seu olhar e a cicatriz perto do nariz se assemelharia totalmente a um panda.

Mel não teve tempo de analisar cada um. Eles rodeavam ameaçadoramente.

— Não é o que parece – preparou para enfrentar uma briga em desvantagem.

O maior dele se aproximou e passou o dedo no rosto dela cheio de malícia. Foi quando aconteceu o que ninguém esperava.

Ao contrário de tentar fugir ou gritar Mel segurou a mão do homem e virou de forma que ele ficou de costas para ela urrando de dor.

Os outros homens assustaram com a situação, mas logo entraram em alerta.

— Não se atrevam a aproximar – Mel ameaçou fazendo o homem que segurava gritar alto ao forçar a mão dele até quase quebrar o pulso.

Sentindo que não o seguraria por muito tempo ela o empurrou para o chão e, em um golpe rápido, chutou a parte mais sensível dele fazendo com que encolhesse em posição fetal. Os outros que até aquele momento estavam parados em alerta avançaram e a briga começou.

Mel até se sentiu bem em relembrar os golpes que aprendeu durante sua infância e adolescência. Desviava dos socos e chutes com facilidade apesar de lutar com três homens. O azar dela é que os homens não eram tão fracos.

Começou a ter dificuldade em evitar ser atingida. Teve que usar toda sua força e concentração para derrubá-los. O *panda* caiu em umas latas de lixo no canto ao ser atingido com um chute no queixo. O segundo desmaiou ao ser empurrado e bater a cabeça em uma escada de saída de emergência. Quando ela derrubou o último com uma rasteira e alguns socos um dos caídos havia levantado e segurou uma faca perto do seu pescoço.

Era o que ela havia quase quebrado um dos pulsos.

— Calminha ai pantera.

Mel sabia que não podia lutar com uma pessoa que tem uma faca perto da sua veia. Um movimento errado e seu sangue escorrendo seria a última coisa que sentiria antes de sucumbir a morte. Enquanto pensava em uma forma de escapar da situação o homem se distraiu e uma mão segurou o pulso dele e o dobrou até quebrar.

Mel se virou e viu Lee espancando o homem que antes a atacava. Os outros estavam desmaiados por causa dos golpes específicos que ela aplicou.

Depois de alguns instantes de surpresa ela reagiu:

— Chega Lee!

Lee parou o soco no ar. O homem já estava inconsciente e ele continuava batendo no rosto desfigurado e ensanguentado.

— Você está bem? – perguntou voltando a si e esquadrinhando o corpo dela em busca de algo que indicasse que estava ferida.

— Estou – respondeu sem saber bem como reagir a preocupação repentina.

— Então me explica que porcaria é essa de mentir que ia morar no trabalho? – explodiu segurando o braço dela com mais força que o necessário.

Com raiva e a beira das lágrimas Mel puxou o braço que ele segurava, mas não foi o suficiente para soltá-lo.

De repente estava cansada demais para enfrentá-lo. Continuou puxando o braço sem olhar para ele.

Vendo o quanto ela estava fragilizada Lee não resistiu ao impulso e a puxou para um abraço do qual ela não tentou fugir.

Permaneceram alguns instantes abraçados e em silêncio.

Mesmo que aquele contato tivesse o efeito de acalmá-la Mel resolveu responder a última pergunta dele:

— Eu não vim para esse país para atrapalhar a vida de ninguém. Você ameaçou processar uma pessoa inocente para que eu saísse do apartamento. O que queria que eu fizesse?

— Que não mentisse – a forçou a encará-lo.

— Por favor, não aguento mais ter duas versões suas. O mesmo homem que dorme ao lado da minha cama para cuidar da minha febre me manda embora no dia seguinte e depois de me mandar embora me procura reclamando que sai. Que droga! Pare de bagunçar minha cabeça.

Sem saber como reagir Lee se afastou, pegou a mala dela e disse:

— Vamos voltar para o apartamento. Não quero ficar discutindo em um beco.

Cansada demais para discutir Mel seguiu Lee que andou na frente puxando a mala. Ele não conseguiu uma forma de levar a mala na moto, então chamou um táxi para Mel e o seguiu.

Quando desceu do táxi Mel ficou esperando o taxista tirar a mala do porta malas.

— A corrida ainda não acabou. Preciso que leve um recado nesse endereço – Lee entregou um pedaço de papel com o endereço de Kwan. – Diga que encontrei a Morena e para não me ligar.

— Devo anunciar que o recado é de quem?

— Não precisa dizer nomes. Ele saberá – antes que o taxista perguntasse ele completou. – Ele vai te pagar a corrida. O dobro do valor. É só dizer o valor dobrado.

— Sim senhor.

O taxista entrou no carro e dirigiu para o endereço informado. Sabia que seria pago, pois desde o início reconheceu *O Príncipe da Coreia do Sul*.

Lee e Mel entraram no apartamento em silêncio.

Ela pegou a mala que ele deixou no meio da sala e a arrastou para o quarto que ocupava. Trancou a porta. Não estava com ânimo para conversar.

Chorou a noite inteira com raiva por estar em uma situação tão sem jeito. A vontade de voltar para o Brasil batia cada vez mais forte, mas sabia que lá as coisas não seriam melhores enquanto não decidisse como resolver a questão Lucas/Jocasta.

Kwan estava embriagado quando o taxista chegou na casa dele. Sem perguntar nada ouviu o recado de Lee, pagou o valor que o homem pediu e entrou cambaleando direto para o quarto onde apagou e só acordou na manhã seguinte com uma ressaca leve.

Visitas e confrontos

O dia seguinte amanheceu rápido demais para Lee e Mel. Foram despertados pelo barulho da campainha.

Mel levantou usando o pijama rosa de calça folgada e blusa com mangas (que chegavam a cobrir suas mãos) que ganhou de sua amiga Sun-Hee e correu para a porta.

Parecia que o príncipe não estava disposto a abrir a porta ou sair do quarto.

Deve estar esperando que brotem empregados no apartamento – pensou e se viu rindo da imagem de pessoas brotando no chão que se formou em sua mente.

Logo que abriu a porta teve uma surpresa.

— Morena? – era a voz de Kwan.

Antes que ele se perguntasse se estava no lugar errado Lee apareceu.

— Bem-vindo Kwan! Chegou cedo demais – ele estava na porta do quarto vestindo apenas a calça preta do pijama e com os cabelos despenteados.

Mel podia jurar que aquela era a visão mais bonita que já teve. O abdômen definido, a pele branca, tudo nele parecia ter sido desenhado por uma divindade inspirada.

— O que está acontecendo? – Kwan continuava confuso.

— Não te falei que ia dividir o apartamento com um tal de Alison? Olha *ele* ai.

Depois de falar isso Lee entrou no banheiro deixando Mel com as explicações.

— Houve um engano. Estamos vendo como decidir o que fazer.

— Entendo. Se tivesse me contado onde morava antes nada disso teria acontecido.

Pensou que talvez ela quisesse pedir sua ajuda para se livrar do problema do apartamento quando começou a falar do beijo e se arrependeu de ser tão precipitado em dizer tudo aquilo sobre os sentimentos deles. Se ela não gostava dele certamente iria pensar sobre isso e estando sob o mesmo teto as chances de desenvolverem um relacionamento eram ainda maiores.

— Imagino que teria sido melhor mesmo – ela interrompeu seus pensamentos.

— Eu posso te ajudar. Não só nesse problema, mas nos outros que ainda esconde.

— Acho que ninguém pode me ajudar.

Antes que Kwan pudesse retrucar os outros dois homens que estavam atrás dele entraram pela porta aberta e começaram a bagunça de meninos. Eram Kim Dong-sun e um dos integrantes da banda de Kwan.

Lee saiu do banheiro e Mel aproveitou para tomar banho e se trocar.

Para os outros dois homens parecia que ela sempre esteve ali. Não esboçaram reação como Kwan.

— Você vai cozinhar para nós príncipe? – Kim Dong-sun perguntou animado.

— Por que o faria?

— Por que não vai querer que baguncemos a cozinha de sua casa – riu. Sabia que o amigo odiava bagunça.

— Seria melhor mandar vocês saírem da minha casa. Não me lembro de ter convidado ninguém.

— Calma. Vou pedir a Morena para cuidar da nossa alimentação.

Mel saiu do banheiro na exata hora em que falavam sobre colocá-la para cozinhar.

— Ainda acho melhor vocês procurarem outro lugar para comer – Lee brincou. Estava mesmo com vontade de cozinhar.

— Morena, você faz isso para seus amigos?

Desde quando viraram amigos? – pensou Lee com ciúmes dos amigos. Desde o momento em que viu a faca no pescoço dela decidiu que deixaria seus sentimentos fluírem como quisessem.

— Seria um prazer se eu soubesse o que fazer com os ingredientes que existem naquela geladeira. Ainda não me acostumei com a culinária coreana.

— Calem-se. Estão me deixando com dor de cabeça. Eu vou cozinhar. Pelo menos coloquem uma boa música – Lee disse para não estender mais a conversa e porque tinha planos para enquanto estivesse cozinhando.

Todos bateram palmas, exceto Mel que olhava para o abdômen de Lee lembrando de tê-lo visto despido minutos antes.

— Você. Venha comigo – Lee apontou na direção dela. – Vamos ver se aprende alguma coisa.

Em silêncio Mel seguiu ele até a imensa bancada da cozinha. De lá podia ver todos os rapazes na sala. E mesmo se não olhasse Mel sentia os olhos de Kwan sobre si.

— Você sabe cozinhar? – ela decidiu quebrar o silêncio.

— Sim. Não sou um príncipe cruel convencional. Cozinho quando estou com meus amigos, ando de ônibus quando preciso espairecer ou buscar inspiração para resolver algo e respeito as pessoas, por mais que você pense o contrário. Só não conte para minha mãe – piscou como se revelasse um segredo.

— Não consigo te imaginar em um ônibus – Mel revelou se sentindo mais à vontade perto dele.

— Meu pai costumava usar muito esse meio de transporte. Ele dizia que ajudava a se lembrar que ele não era melhor que as outras pessoas – a imagem do seu pai sorrindo para ele enquanto aguardavam em um ponto de ônibus o encheu de saudades. – Herdei esse hábito.

— Ele parece ter sido um grande homem – Mel comentou. Percebeu que gostava do jeito como ele falava do pai. Desejou falar sobre o seu, de como ele também era uma pessoa maravilhosa.

Mas Lee decidiu mudar de assunto e a pegou de surpresa com uma pergunta:

— Se eu me comportar como um ser humano normal e te compensar pelas coisas que fiz contra você, conseguiria me perdoar?

Mel piscou duas vezes para ter certeza de que ouviu certo. *O Príncipe da Coreia do Sul* estava tentando se desculpar?

Lee não conseguiu evitar o riso ao ver a expressão dela.

— Acha que temos chance de sermos amigos? – se aproximou para falar no ouvido dela. – Ou mais que isso?

De repente o ar sumiu e Mel não conseguia pensar em nada além da lembrança do gosto do beijo dele.

— Corte isso – Lee estendeu na sua direção uma bacia com vários vegetais cortando de propósito o clima tenso entre eles. – Te darei algum tempo para pensar nas respostas.

Ela aceitou a bacia e comentou fingindo não estar perturbada com o que ele disse ou com a forma com a qual disse:

— Não sei nada sobre cozinhar. Não vá se arrepender, Lee – começou a cortar a cenoura em pequenos pedaços sobre a tábua.

— Por que me chama assim? – perguntou enquanto colocava água para ferver antes de separar os ingredientes para preparar Soondubu[11].

— Porque é o seu nome. Como gostaria que o chamasse?

— Meu nome é Lee Kang Dae.

____

11. Soondubu: guisado feito com tofu, caldo de carne picante, e variadas carnes e vegetais. A panela borbulhante frita o ovo rachado no topo.

— Preciso falar isso tudo? Prefiro Lee, de Bruce Lee – estranhamente Mel se sentia muito mais à vontade com ele depois do último confronto e de ouvi-lo falar sobre o pai.

Seu olhar era fulminante, mas ele acabou sorrindo. Gostava da forma como ela o chamava. Só tinha uma forma que gostaria mais; se ela o chamasse de oppa[12], mas aguardaria o momento certo para exigir isso. Afinal ainda tinha muito do que se redimir.

— Você não tem jeito. Permito que continue me chamando assim.

Continuaram discutindo sobre os nomes deles.

Ela questionou por que Kwan não exibia um nome grande como o dele e nessa hora o dono do nome entrou na conversa:

— Kwang-Sun Yoo, muito prazer – pegou um pedaço da cenoura que ela cortava e colocou na boca.

— Kwang-Sun Yoo – Mel repetiu. – É um nome bonito.

— Resumi ele quando comecei no mundo da música. Pode me chamar apenas de Kwan mesmo.

— E pode me chamar de Dong – se sentindo excluído Kim Dong-sun abriu a geladeira, pegou uma cerveja e se aproximou dos três. Logo o amigo de Kwan também se juntou a eles.

Passaram o dia conversando e comendo.

À noite, quando os amigos partiram e Mel estava no quarto descansando, Lee permanecia no sofá pensando nos últimos acontecimentos. Determinado pegou o celular e ligou para Eun-Kyung.

Assim que ela atendeu ele disse:

— Precisamos conversar. Me encontre na loja de conveniência perto da universidade.

---

12. Oppa: forma coreana carinhosa de uma garota chamar um garoto que ela realmente gosta e é mais velho que ela.

— Estarei lá em uma hora.

De um lado da linha Lee se preparava para um confronto, do outro lado Eun-Kyung se preparava para o que achava que seria um encontro. Escolheu um vestido vinho com uma faixa preta na cintura, prendeu os cabelos e partiu ao encontro dele em seu carro.

Quando chegou ao local o encontrou sentado em uma das mesas no fundo da loja.

Se aproximou sorridente, mas o sorriso se apagou quando tentou beijá-lo e ele virou o rosto evitando o beijo.

Com habilidade de quem estava acostumada com as mudanças de humor dele se sentou e esperou para saber o que ele tinha a dizer.

Não precisou esperar muito. Lee empurrou uma embalagem de suco que tinha comprado na direção dela e falou:

— Vou direto ao ponto porque não faz sentido te ludibriar – apesar de tudo Lee não estava nervoso. – Estou apaixonado por alguém e antes de dizer a ela sobre o que sinto quero acabar com nosso relacionamento.

O olhar de Eun-Kyung era de puro espanto.

— O que? – achou que não tinha escutado bem.

— Quero terminar nosso noivado arranjado e nossa amizade colorida.

— Você quer dizer que depois de me usar para saciar seus desejos por mais de um ano quer me descartar como um lixo qualquer? – a surpresa se transformou em ira.

— Não seja dramática. E não diga que não sabia que eu não tinha sentimentos por você. Sempre deixei claro que nosso relacionamento não era algo sério e que só mantinha a história do casamento para manter minha mãe satisfeita – a expressão no rosto dele era de despreocupação. – Além do mais não fui o primeiro homem na sua vida.

Se Mel o visse naquele momento confirmaria sua tese de que era um monstro insensível.

— Como pode ser assim? – a voz da mulher a sua frente tremia. – Mesmo que não tenha sido o primeiro foi por sua causa que me entreguei a outro antes de você. Sabe bem disso.

— Vamos ser práticos, por favor. Eu sempre fui assim – ignorou o que ela disse sobre ter perdido a virgindade por causa dele, pois sentia vergonha dessa verdade. Esse também era um dos motivos porque manteve a promessa de casamento por tanto tempo. – Gostaria de terminar isso sem que se machuque, mas parece que é impossível.

— Isso porque eu te amo.

— Isso não é amor. É um tipo de obsessão, costume, sei lá.

A raiva foi tanta que ela apertou a embalagem de suco até o liquido vermelho descer entre seus dedos. Nem notou que sujava a roupa.

— Eu só queria te avisar antes de acontecer algo que a envergonhe. Vou ser bonzinho e dizer a todos que você terminou comigo. É o máximo que posso fazer.

— Faça como quiser. Sei que vai arrepender e voltar correndo para mim.

— Já está sentada. Basta esperar.

Dito isso ele partiu sem olhar para trás.

Eun-Kyung estava tão nervosa que começou a rir sem parar. Olhava para a bagunça na mesa e ria, olhava para o vestido sujo de suco e ria, olhava para as pessoas que a encarava como louca e ria. Pegou sua bolsa e entrou no carro para voltar para casa ainda rindo.

Como nos doramas

Os dias se passaram rápidos e aos poucos a convivência de Lee e Mel melhorava bastante. A única coisa que incomodava os dois eram as faíscas que qualquer tipo de aproximação gerava. E nenhum dos dois confessava claramente os sentimentos.

Mel tinha medo de ser rejeitada se tentasse uma aproximação. No fundo temia que ele estivesse aprontando. Não sabia o que pensar, pois geralmente via Eun-Kyung e ele juntos e não havia sequer rumores do fim do relacionamento deles.

Isso porque apesar de Lee insistir Eun-Kyung não disse para ninguém que eles tinham terminado e desmentia quando ele dizia.

Cansado de esperar Lee arquitetou os planos para o momento em que confessaria de uma vez por todas o que sentia por Mel.

Momento que não demorou a chegar.

Duas semanas após a tentativa falha de colocar Mel para fora do apartamento houve uma confusão na universidade quando um aluno que não fazia parte do primeiro período de administração invadiu a sala em plena aula.

Mel não acreditou nos seus ouvidos. Os gritinhos que sempre ouvia por onde alguém do trio realeza passava estava dentro da sua sala de aula.

Olhou para a porta da sala e viu Lee caminhando em sua direção como se não houvesse professor na sala.

Ele passou por algumas meninas desesperadas e quando chegou em frente a sua mesa colocou uma pequena caixinha vermelha sobre ela.

— Alison, eu gosto de você. Quer ser minha namorada? – falou sem titubear.

Boquiaberta ela olhou dele para a caixa. Nem mesmo nos seus sonhos mais loucos esperou que algo assim acontecesse. Principalmente porque em momento algum ele demonstrou claramente que gostava dela.

— Abra – ordenou quando percebeu que ela não se movia por causa da surpresa.

Lee sentiu um imenso frio na barriga temendo ser rejeitado. Planejou tudo durante os últimos dias. Um não estava fora dos seus planos.

Mel abriu a caixa e seus olhos ficaram marejados de lágrimas. Havia uma pequena pedra azul solitária. Era o olho da coruja que perdeu quando se conheceram.

O sinal tocou anunciando o fim da aula e o professor percebendo que ninguém olhava para ele saiu da sala em silêncio.

Ignorando as pessoas ao redor Mel passou os braços através da cintura de Lee abraçando-o.

— Obrigada! Aquele pingente é muito importante para mim.

— Eu sei. Isso é um sim? Vai ignorar o fato de que sou um monstro insensível e aceitar minha confissão?

Ela riu lembrando da primeira vez que o chamou de monstro insensível. Parecia que foi há séculos.

— Aceito ser sua namorada.

Os alunos bateram palmas para a declaração de amor dos dois, mas eles não notaram. Para eles não havia mais ninguém ali.

Lee a envolveu em um abraço apertado. Um abraço que falava mais que qualquer palavra.

Depois ajudou ela pegar suas coisas e a levou para um piquenique em um lugar que se assemelhava a um parque.

Parecia que só havia eles no lugar.

— É particular. Não expulsei ninguém além dos donos – segurou sua mão depois que estavam sentados em um lençol quadriculado na grama.

Ela, que olhava o belo lago, virou o rosto para encará-lo.

— Em que está pensando? – ele perguntou vendo que ela somente o encarava com uma expressão indecifrável.

— Estou tentando entender porque gosto de você. Se pudesse escolher como produtos em uma loja certamente não escolheria você.

Ele riu da definição, mas entendeu o que ela queria dizer.

— Você gosta de mim porque só assim eu poderia ser salvo.

— Salvo de que?

— De permanecer um monstro insensível.

— É o meu belo monstro insensível – confessou.

— São seus olhos – não conseguia parar de sorrir.

— Você falou com sua noiva sobre nós? Até ontem ela parecia agir como se ainda fosse sua dona – comentou mudando de assunto.

— Minha ex-noiva não aceitou minha sugestão de dizer que ela terminou o noivado. Se eu fosse esperar por ela iria envelhecer sem confessar meu amor por você – acariciou o rosto dela fazendo com que fechasse os olhos. – Não acho que Eun-Kyung vai causar muitos problemas. Mesmo assim não caia nas provocações dela.

Mel apenas assentiu com um movimento da cabeça. Estava ocupada aproveitando a sensação do toque dele em seu rosto.

Sorrindo Lee pegou um doce e colocou na boca dela. Os olhos castanhos se abriram para encará-lo. Vendo sua imagem dentro dos olhos dela Lee teve certeza de que nunca foi tão feliz.

Meu coração é seu

No dia seguinte fortes batidas na porta acordaram Mel. Sonolenta ela foi cambaleando abrir.

Viu Lee parado e pronto para sair.

Antes que pudesse abrir a boca para questionar o que estava acontecendo ele declarou:

— Você tem quinze minutos para se aprontar.

Sem esperar resposta voltou para o seu quarto.

Mel voltou cambaleando e olhou as horas em seu relógio em formato de maça: 08:00. Se jogou na cama novamente.

Deve ser só um pesadelo – pensou.

Fechou os olhos, mas uma voz martelava na sua cabeça dizendo para que se levantasse. Essa voz conhecia a personalidade de Lee, sabia que era possível que se não estivesse pronta no prazo poderia ser arrastada sabe lá para onde com cobertor e tudo.

Levantou novamente e correu para o banheiro. Colocou a ducha no frio e despertou por completo. Ficou poucos minutos embaixo da água. Correu para o quarto e pegou o vestido que ganhou de Sun-hee. Era um vestido amarelo bordado com estampas da mesma cor. Dava a sensação para quem o via de que havia renda sobre um forro quando na verdade era o mesmo tecido. Ficava perfeito com o tom de pele dela.

Manteve a porta do quarto trancada. Se Lee aparecesse teria mais tempo assim.

Os cachos molhados foram parcialmente secos na toalha.

Quando estava colocando os pequenos brincos de perola ouviu novas batidas na porta seguidas pela voz autoritária.

— Seu tempo acabou.

— Estou pronta – colocou o batom e o perfume rapidamente; pegou um casaco preto para o caso de sentir frio e foi ao seu encontro.

Lee esperava na porta do quarto quando ela abriu. Estava lindo com um sobretudo cinza longo sobre uma camisa quase do mesmo tom e uma calça jeans.

Sempre prendia a respiração quando o via. Precisava de alguns segundos para recuperar o ar e a fala.

Como uma estátua ele permaneceu no mesmo lugar até que ela puxou a porta e tentou passar por ele.

Ele se aproximou com uma expressão de predador. O coração de Mel disparou. Com apenas um passo Lee deixou Mel presa entre ele e a porta.

Ela tentou se afastar por um lado e ele bloqueou com o braço. Tentou passar pelo outro lado e ele também bloqueou com o outro braço.

Ignorando o desconforto dela, Lee aproximou o rosto devagar.

Mel sentiu o hálito de menta e não resistiu. Seus olhos se fecharam para um beijo que nunca veio.

Lee aproximou a boca da sua orelha e sussurrou:

— Lembra do nosso primeiro beijo?

Como poderia esquecer? Até seu pedido de namoro se resumiu a um abraço. Maravilhoso, mas só um abraço; antes de um piquenique que foi arruinado quando ligaram da empresa e ele teve que partir anunciando que chegaria tarde porque tinha um compromisso com alguns executivos da empresa – Mel lembrou.

Como ela não respondeu ele se afastou bruscamente.

— Respira de uma vez – ordenou. – Não vou te beijar.

Mel quase engasgou com o próprio ar.

— Agora, vamos. Hoje vou realizar o segundo e o terceiro item da sua lista.

Surpresa com a atitude dele Mel seguiu seus passos até o ponto de ônibus. Ficava martelando em sua cabeça se como namorada poderia fazer birra e ficar parada na calçada até que ele a beijasse. Acabou decidindo que não era seu estilo. Encontraria um jeito menos infantil de sentir aqueles belos lábios finos nos seus novamente.

Em silêncio entraram no ônibus e sentaram no fundo. Lee pegou o celular e conectou o fone.

Imaginando que seria ignorada durante a viagem Mel virou o rosto para a janela e ficou observando a paisagem. Assustou-se quando sentiu o fone ser colocado em sua orelha.

Tocava uma música linda que Mel nunca tinha escutado antes. A música falava de amor e despedida.

— Vamos dividir – Lee declarou e encostou o corpo ao dela para facilitar dividirem o fone. – Essa música me lembra de você.

Mel nada disse. Estava concentrada em continuar respirando.

Mesmo que já tivesse viajado de ônibus com ele algumas vezes quando ele não usava a moto para ir à universidade, era a primeira vez que estavam tão perto um do outro. Era a realização do segundo item da sua lista: namorar no ônibus.

"Meu egoísmo que não deixava você ir
Tornou-se uma obsessão que aprisionou você
Você se machucou por minha causa?
Você se senta silenciosamente
Por que eu sou um idiota?
Por que não consigo te esquecer?"

A voz do cantor acalmava aos poucos as batidas do coração de Mel. Deixando a música levá-la pela a letra, observou a paisagem pela janela do ônibus. Tinha consciência de que se olhasse para Lee só voltaria a respirar quando ele a beijasse. E mesmo que estivesse desesperada por um beijo não queria que fosse dentro do ônibus.

Curtindo a música e a paisagem conseguiu passar os minutos até chegarem ao destino tranquilamente.

Desceram do ônibus e andaram lado a lado devagar.

— Na sua lista não tem nada a respeito, mas acho que temos que ter nossa música. Pelo que sei todo casal da ficção tem uma música – ele mantinha os passos lentos para que ela acompanhasse.

— Você está certo – Mel parou de caminhar pensando em qual música seria a ideal para eles.

— Só não pode ser a música de *Taeyang*: *Eyes, Nose, Lips* que ouvimos no ônibus. Essa é exclusiva para eu lembrar de você. Não quero dividi-la contigo.

Mel riu e perguntou:

— A primeira música que ouvimos?

— Sim.

Ele devia saber que proibir de escolher uma música é o mesmo que atiçar a desejá-la – pensou.

Decidiu que teriam duas músicas. A oficial e a proibida.

— Eu gosto de *Love U do Howl*.

Começou a cantar baixinho a música.

> *"Eu caminho, te seguindo*
> *Escondido atrás da luz da lua*
> *Se você não me perceber*
> *O que eu farei?*
> *Devo fazer outro pedido*
> *Para as nuvens para chover de novo*

— Você quer uma música usada? – reclamou encarando-a.

— Não consigo desejar nenhuma outra.

— Posso não ser fã de novelas ou dramas, mas não ignoro o fato de que essa música é tema de um drama bastante famoso.

— Vou fingir que você não conhece nada sobre isso e insistir nessa música.

— Por que? – ele estava tão perto que Mel já sentia o ar se faltar.

Ela não conseguiu responder. Só conseguia encarar o rosto dele, vagando pelos olhos e lábios.

Sem perceber foi dando passos para trás até que esbarrou em uma árvore.

— Agora não tem mais volta mesmo. Sempre que ouvir essa música vou pensar em você – tentou brincar, mas continuava hipnotizada.

Lee apenas riu e pegou a mão dela trazendo seu corpo para um abraço.

— Pode respirar agora. Não vou te beijar – sussurrou em seu ouvido.

— Vai continuar fazendo isso até quando? – se afastou o bastante para olhar em seus olhos.

O sorriso sumiu do rosto dele e Mel soube pelo brilho em seu olhar: beijá-la era o que ele queria e tão intensamente quanto ela. Só estava forçando a si mesmo a se segurar por algum motivo que ela não conhecia.

— Por favor, me beije – decidiu ajudá-lo a se decidir.

A ajuda foi bem aceita. Lee a prendeu contra a árvore e por um longo momento se perdeu em seus lábios. Esqueceram tempo, espaço, tudo mais que não envolvesse eles.

O beijo foi ficando suave até que estavam apenas se encarando.

— Satisfeita? – sorriu.

— Muito – Mel empurrou ele, mas riu também. Foi quando viu uma máquina de pelúcias do outro lado da calçada. Animada arrastou Lee pelo braço até a máquina.

— Será que conseguimos pegar um? – perguntou cada vez mais animada.

Ainda segurava o braço dele.

— Claro. Abra espaço e escolha um.

— Aquela corujinha rosa – apontou o objeto dentro da máquina.

Dez minutos depois Lee não tinha pego nenhum dos ursinhos.

— Que droga de máquina – socou a máquina ao ver a corujinha rosa cair de volta no lugar.

— Dizem que essas máquinas são feitas para ninguém ganhar – Mel tentou animá-lo. Também queria o brinde, mas não as custas de quebrar a máquina.

— Se não conseguir dessa vez vou socar ela e o dono.

— Deixa isso para lá. Você está gastando muito para uma pessoa provisoriamente pobre.

— Vou tentar mais uma vez. Se não conseguir desisto.

— Não, por favor. Você prometeu isso antes e não parou. Quero fazer outras coisas. Vamos ver um filme.

Resignado soltou os comandos da máquina.

— Você quem manda.

Ainda deu uma última olhada cheia de ódio na direção da máquina antes de puxar Mel para longe. Depois de andar por alguns quarteirões entraram no shopping e escolheram uma comédia para assistir.

Quando saíram do cinema deram algumas voltas pelas lojas do shopping.

— Já que somos um casal devíamos ter algo combinando – Mel sugeriu quando estavam em uma famosa loja de roupas.

— Pelo amor de Deus! Não queira me obrigar a sair por ai com roupas combinando.

Fingindo-se de ofendida Mel cruzou os braços e reclamou:

— Você é um estraga prazeres.

— Sério! Por que as mulheres gostam desse tipo de coisa?

Ela não respondeu. Estava ocupada olhando alguns casacos e pensando em uma resposta. Mas antes que pensasse em algo uma vendedora, que ouviu a conversa, apareceu com dois casacos brancos, de zíper e com capuz. O que chamava a atenção eram os desenhos de pequenas coroas espalhadas estrategicamente pelo tecido e as palavras King e Queen que continha em cada casaco.

Ela aceitou um dos casacos e colocou na frente do corpo.

A imagem da mulher sorridente no espelho convenceu Lee.

— Só vou usar isso escondido – declarou.

— Você gosta disso. Não tente mentir.

— Acho melhor terminarmos antes que me obrigue a usar peruca cor de rosa – estava se divertindo mais do que jamais pensou que conseguiria.

— Rosa combina com você – Mel não cabia em si de felicidade.

Depois de pagar pelos casacos com o cartão de Kim Dong-sun Lee pegou um táxi e guiou Mel para outro lugar.

— Onde estamos? – ela perguntou.

— *Namdaemum Market.* É um mercado. Fiz algumas pesquisas para esse encontro. Dizem que aqui é divertido – confessou.

Quero que esse encontro seja melhor do que qualquer outro que você teve – acrescentou em pensamento.

Como resposta ao seu comentário um enorme sorriso se estampou no rosto de Mel e ela o puxou pela mão guiando-o pelos corredores.

Quando Mel viu uma loja de acessórios para fantasias puxou ele para perto toda animada. Acabou encontrando coroas de plástico.

— Agora estou à altura do príncipe da Coreia – declarou com uma das coroas na cabeça.

— Agora você pode ser meu príncipe porque escolheu uma coroa masculina – ele riu.

— Então você vai ser minha princesa – pegou uma coroa cheia de detalhes cor de rosa e estendeu na direção dele.

Ainda rindo Lee colocou a coroa em sua cabeça.

Olharam-se no pequeno espelho da loja.

— Só falta oficializar – Mel pegou o celular e ligou a câmera.

Tiraram algumas fotos fazendo caretas cômicas.

— Se postar isso estará morta.

— Não me tente ou posso decidir colocar em um outdoor – ameaçou enquanto olhava as fotos.

— Quanto é? – Lee perguntou à vendedora que atendia outro freguês.

Ela deu o valor, ele pagou e saíram caminhando devagar pelos corredores com suas coroas nas sacolas.

Alguma coisa incomodava Mel. Ela balançava os braços distraidamente. Só percebeu que o incomodo vinha da falta do toque dele quando sentiu sua mão tocando a dela e os dedos entrelaçando aos seus.

— Somos um casal. É assim que os casais passeiam – falou quando viu que ela ficou surpresa. – E pare de me olhar assim. Não vou te beijar aqui.

Com um sorriso ela continuou andando de mãos dadas com ele.

Só voltaram para o apartamento quando já era noite. Cansados cada um foi para o seu quarto.

Na manhã seguinte Mel não cabia em si de felicidade. Abriu um sorriso antes de abrir os olhos.

Será que foi um sonho? – se perguntou.

A resposta estava espalhada pelo quarto; sobre a cama e no chão.

Havia pelúcias por toda parte.

— Eu devia saber que ele não deixaria para lá – falou em voz alta e abraçou uma coruja rosa que tinha quase seu tamanho.

Último Pesadelo

As coisas não mudaram muito na universidade. Apenas houve uma divisão entre os alunos que eram a favor do relacionamento de Lee e Mel e os alunos que estavam do lado de Eun-Kyung. Mas isso não os afetou de forma alguma, pois mesmo antes de anunciarem o namoro as únicas amizades verdadeiras que possuíam eram Kwan, Sun-hee e Kim Dong-sun.

Mel evitava ficar na sala reservada deles do refeitório para não irritar Eun-Kyung. Tinha consciência de que não era uma situação confortável para ela.

Ela e Lee combinaram que dentro da universidade agiriam apenas como colegas.

Muitos dias depois do primeiro encontro Mel não conseguia dormir mesmo depois de um dia cansativo estudando com um grupo da universidade.

Já era difícil resistir a beleza de Lee antes de começarem a namorar, depois que o namoro iniciou os beijos eram faíscas prontas para incendiá-los, mas por algum motivo Lee parecia ter um controle fora do comum para alguém da idade dele.

Naquela noite, depois de um beijo de boa noite enlouquecedor, dormir não era uma opção simples.

Levantou-se, olhou o relógio e resmungou:

— Duas horas da manhã. Preciso dormir – prendeu o cabelo e abriu a porta ainda reclamando. – Estou desperdiçando minha folga com uma insônia.

Decidiu esquentar um leite como seu pai fazia para ela antes de dormir na infância. Ele costumava fazer isso para chamar o sono dela quando a falta da mãe trazia a insônia.

Quando acendeu a luz um gemido vindo do sofá chamou sua atenção. Parecia o gemido de alguém sofrendo.

Devagar chegou perto e viu Lee em um sono perturbado. Ele mexia e gemia palavras desconexas. Estava suando muito.

Mel não sabia se acordá-lo era uma boa ideia, mas a agonia que percebia a fez tomar uma decisão.

— Lee, está tudo bem! Acorde! É só um pesadelo – o balançava com firmeza.

Dentro do seu pesadelo Lee sentia o barco balançar cada vez mais forte. Seu pai continuava batendo no vidro até que sem forças afundou. Lee gritou no sonho e no sofá. Levantou o tronco assustado, abalado.

Olhava para os lados tentando reconhecer o lugar onde estava até que a viu. Demorou alguns segundos para reconhecer Mel. Respirava com dificuldade a encarando.

— Está tudo bem! Foi só um sonho ruim! – ela disse antes de abraçá-lo.

Surpreso Lee aceitou o abraço. Desde a morte do pai vinha tendo esse mesmo pesadelo todas as noites e nunca despertou com um abraço. Descobriu que essa era a sensação que queria sentir sempre que acordasse de um pesadelo.

Acariciou o cabelo dela e aspirou seu perfume.

— Obrigado por estar aqui – a apertou com força em seus braços.

— Sempre estarei. Me conte seu pesadelo – pediu.

Depois de um beijo na testa dela ele levantou, esquentou dois copos de leite, como se adivinhasse suas intenções anteriores, e entregou um para ela. Somente depois disso falou sobre seu pesadelo e o motivo pelo qual começou a tê-lo.

— Não posso pedir para que aceite que seu pai não o culpa. Isso você vai ter que aceitar sozinho com o tempo, mas prometo que vou estar ao seu lado.

— Sempre que eu acordar você vai me abraçar daquele jeito? – a provocou. Não havia resquícios do pesadelo.

— Mesmo que eu não esteja por perto sinta-se abraçado. Porque eu te amo – de repente sentiu um aperto no peito diante da possibilidade de se afastarem quando ele descobrisse a verdade sobre ela. Mas tratou de afugentar esse sentimento e focar no presente.

— Garota, você tem algum superpoder. Sempre fala a coisa certa. Quando diz que me ama, quando me diz que ajo como uma criança mimada, quando me chama de monstro insensível ...

— Está fazendo graça, príncipe?

— Diga que me ama outra vez – exigiu.

Mel sorriu com o pedido.

— Eu amo você.

Ele também sorriu, principalmente quando viu que ela prendeu a respiração; pronta para ser beijada.

Ao contrário de beijar seus lábios ele acariciou seu rosto e beijou sua testa antes de dizer:

— Devia estar dormindo. Deite-se. Vou ninar você.

Frustrada por não ser beijada Mel obedeceu e deitou com a cabeça na almofada colorida que estava apoiada na perna dele.

Fechou os olhos para evitar de ficar encarando a boca dele.

Ao contrário dela Lee se perdeu observando seu rosto, seus cílios longos, seus lábios, sua pele. Sem resistir aos apelos que vinha dos dois ele roçou seus lábios nos dela e logo estavam perdidos em longos beijos.

— Durma – ordenou depois de interromper o beijo.

Logo ela realmente estava dormindo. Ele a pegou no colo com cuidado para não a acordar, colocou na cama e a cobriu antes beijar sua testa e ir para o seu próprio quarto.

Um leve confronto

Sun-hee estava na beira da piscina com Mel quando Eun-Kyung chegou e sentou entre elas bruscamente.

— Podemos conversar? – não era uma pergunta, era uma exigência.

Ela ignorou Sun-hee completamente.

— Vou estar no vestiário se precisar – avisou a Mel e levantou colocando língua para a recém-chegada.

Como se não tivesse sido interrompida e como se houvesse recebido resposta afirmativa Eun-Kyung continuou:

— Conseguiu hein, coisinha?!

— A que se refere? – Mel sabia, mas sentiu vontade de provocar.

— Não seja cínica! Avisei para ficar longe do meu noivo.

Sentadas na beira da piscina com os pés na água pareciam duas amigas conversando aos olhos de quem observava.

— Se não me engano me pediu isso logo depois de me obrigar a conhecê-lo. Tão irônico!

— Ele te contou que somos noivos desde crianças? Contou que entreguei minha virgindade por causa dele?

Mel se sentiu incomodada com as palavras dela. Se aproveitando disso ela continuou com uma voz triste:

— Quando éramos crianças estudávamos em escolas diferentes e as outras crianças que estudavam comigo costumavam fazer bullying porque eu era muito tímida. Lee Kang Dae convenceu seus pais a transferi-lo para o mesmo colégio. Ele ameaçava e batia em quem se atrevia a me perturbar. Graças a isso consegui ter uma vida tranquila e as outras crianças não me atormentavam mais. Antes dele ser meu noivo já éramos amigos.

— Você o ama? – Mel não conseguiu controlar o impulso de perguntar.

— Sim. Ele é o meu protetor, meu príncipe. Faria qualquer coisa por ele.

— Então permita que ele faça suas próprias escolhas. Não perca uma amizade por causa de um amor que você sabe que não existe.

Eun-Kyung a olhou com nojo.

— Você é exatamente o tipo de vagabunda que pensei. Não vou perder meu noivo para você.

Mel, percebendo que ela não conseguiu manter a personagem da garota triste por muito tempo, apenas riu. Isso deixou Eun-Kyung mais irritada do que já estava.

— Como pode estar com alguém que a humilhou tanto? Não tem um pingo de orgulho?

Com pena da garota desesperada a sua frente, Mel tentou ser o mais paciente possível, mas sem demonstrar dúvidas sobre seus sentimentos ou sobre os sentimentos de Lee.

— Vou ser bastante sincera com você; não ligo para suas ameaças. Se quer lutar por ele, lute, mas que seja de forma limpa.

A risada de Eun-Kyung fez algumas pessoas prestarem atenção nelas.

— Está sendo otimista. Vou acabar com você nem que seja a última coisa que eu faça.

— Quer mesmo seguir por esse caminho?

— Não existe outro – apontou o dedo na face de Mel quase tocando seu nariz. – Tenha cuidado onde pisa, pois você vai cair.

Mel segurou o dedo dela e, com o susto por causa da atitude inesperada, Eun-Kyung tentou se afastar e perdeu o equilíbrio caindo na água.

— Sua vaca! – gritou irada de dentro da piscina.

Como percebeu que ela não afundou Mel não esperou para ouvir mais ofensas. Levantou-se e foi em direção ao vestiário onde se encontrou com Sun-hee para irem juntas ao trabalho. A presença da ex-noiva de Lee a fez desistir do seu objetivo no ginásio da universidade. Sun-hee estava tentando convencê-la a aprender a nadar com um dos professores do curso de educação física, mas ela decidiu que não queria que soubessem que não sabia nadar quando viu a expressão de raiva na face da ex-noiva de Lee. Não precisava que soubessem suas fraquezas.

Não me casarei com ela

Como viu que não conseguia assustar a ocidental Eun-Kyung buscou outra estratégia. Decidiu que para afastá-los precisava ficar perto do seu amor.

Mas mesmo tentando parecer amiga algumas vezes perdia a batalha para o rancor e o ciúme.

— A sua namorada não gosta de mim – comentou enquanto tomava chá antes da aula na casa da mãe de Lee a convite dela. – Quando você vai contar para sua mãe que não vamos mais nos casar?

— Não se meta nesse assunto. Mesmo que tenhamos crescido juntos, você não tem o direito de me cobrar esse tipo de coisa. O que tínhamos que esclarecer entre nós dois já foi esclarecido. Foi você que não quis dizer que havíamos terminado antes que eu confessasse meu amor por Alison.

Lee ainda não tinha pensado em uma forma, que não fosse desastrosa, de contar para sua mãe que o casamento que ela tanto desejava não ia acontecer.

— Engano seu. Enquanto sua mãe estiver me tratando como futura nora vou me meter e vou acreditar que você não tem muita certeza sobre o que sente por aquela garota.

Ela pretendia dizer mais coisas, mas se calou com a proximidade da mãe dele.

— Mãe, tenho uma coisa que preciso te contar.

Eun-Kyung o olhou surpresa com a atitude dele.

— Diga meu filho – sentou-se ao lado de Eun-Kyung. – Depois vamos falar sobre a festa que daremos para marcar a data do casamento de vocês.

— Não vamos nos casar – falou sem rodeios. Um dia ia ter que dizer, então parou de ter medo e contou de uma vez.

— O que? – ela não quis acreditar no que ouviu.

— Eu conheci uma pessoa e é com ela que pretendo me casar.

— Só não me diga que é aquela ocidental que anda com seu amigo Kwan para todos os lados – Eun-Kyung já a havia envenenado sobre Mel.

— O nome dela é Alison – Lee lançou um olhar "eu sei que foi você que falou" para Eun-Kyung.

— Onde você está com a cabeça? Seu pai e eu já havíamos prometido para os pais de Eun-Kyung que se casariam. Inclusive já combinei que será na próxima primavera.

— Somos objetos? – a voz suave de Lee assustava, mas sua mãe não se deixaria vencer tão facilmente. – Para ser sincero nem entendo o motivo porque insiste tanto nesse casamento.

Porque uma vez eu escolhi abandonar o amor e graças a isso você nasceu. Porque eu acho que é a coisa certa a se fazer para manter tudo que seu pai acredita vivo. Porque a única coisa que posso fazer pelo seu pai é presenciar seu casamento com a filha de seu melhor amigo, pois Deus sabe que o que ele mais queria nunca pude dar; meu amor – esses pensamentos martelavam na cabeça dela, mas manteve a postura e respondeu:

— Meu filho, até pouco tempo, você acreditava em nossas tradições e estava disposto a ter um casamento arranjado. Agora está morando com uma estranha e desfazendo todos os pactos que tínhamos.

Lee registrava que ela sabia de muitas coisas que ele nunca contou. Ficaria de olho em Eun-Kyung, pois tinha certeza que era dela que sua mãe obtinha essas informações.

— Onde estou é parte das regras do testamento. Logo tudo voltará ao normal. E definitivamente dizer que estou acabando com os laços da família ou comercial é exagero. Simplesmente não me casarei com a pessoa escolhida. Tenho apenas vinte e dois anos e estamos no século 21.

— Seu pai sempre foi a favor desse casamento, principalmente porque sua noiva é filha do melhor amigo dele. Pense melhor. Certamente verá que não está fazendo a escolha certa – mentiu. Sempre soube o quanto o marido era contra um casamento sem amor. Principalmente depois de vivenciar um.

— Não inclua meu pai nessa conversa. O único desejo dele sempre foi minha felicidade.

— Percebo que essa conversa não vai nos levar a lugar nenhum, pois como você disse: possui apenas vinte e dois anos. Ainda é imaturo.

— O que a senhora pretende fazer?

Lee pensou em argumentar que deixou de ser imaturo bem antes da morte do pai quando aos dezessete anos começou a ser apresentado como presidente da empresa. Cansou de dizer ao pai que aquilo trazia mau agouro, mas não foi ouvido. No fim acabou realmente sendo mau presságio.

— Vou fazer qualquer coisa para colocar juízo na sua cabeça. Essa garota está interessada em nosso dinheiro. Vou provar.

Ele pretendia ficar de olho nela para que não fizesse mal a sua amada.

— Se provar isso casarei com a primeira que apresentar – decidiu deixar essa oportunidade para não parecer um menino teimoso.

— Parece que ainda tem bom senso.

Dizendo isso a mulher pegou uma xicara e despejou chá deixando claro que a conversa acabou.

Durante toda discursão Eun-Kyung apenas ouvia. Buscava uma brecha para ter de volta seu noivo.

Depois do confronto com a mãe Lee estava encostado em sua moto pensando que mais uma batalha foi vencida. Em seu íntimo preferia enfrentar as inúmeras reuniões da empresa do que um confronto de poucos minutos com a senhora Ahn Young-Soo.

De olhos fechados sentia a brisa mansa espantar qualquer pensamento que pudesse sugerir que ele e a bela morena não ficariam juntos.

Sentiu um leve roçar em seus lábios, mas atribuiu as lembranças de seus momentos com Mel e ao desmedido desejo que tinha de encontrá-la e esmagar seus lábios com os dele.

Ao abrir os olhos viu uma sorridente Eun-Kyung.

— Sabia que ainda gostava dos meus beijos.

— Você deve estar maluca. Nunca mais faça isso ou irá se arrepender.

Com um último olhar de desprezo sentou na moto e partiu. Não queria chegar atrasado na aula.

O que ele não percebeu é que sua mãe vinha em direção ao carro e que ao ver o que estava acontecendo tirou várias fotos, inclusive do beijo.

A primeira briga

Kwan sabia que a chance de conquistar Mel estava perdida quando foi rejeitado no primeiro e único encontro deles. Jamais magoaria seu melhor amigo ou a ela, mas isso não impedia seu coração de palpitar ao ver o sorriso dela ou se apertar ao perceber sua tristeza.

Ele estaria ao lado dos dois independente de seus próprios sentimentos.

Viu ela sorrindo enquanto olhava as flores no jardim da faculdade e se aproximou sorrateiramente.

— Preciso de um pouco da sua alegria – falou perto de sua orelha.

Mel se virou para ver seu rosto, sorriu para ele e abriu os braços convidando para um abraço o anjo que encontrou na Coreia do Sul.

— Talvez um abraço transmita.

Kwan aceitou o abraço e a apertou em seu peito. Sentiu uma enorme vontade de chorar, mas controlou e com a voz meio embargada sussurrou no ouvido dela:

— Nunca deixaremos de ser amigos e sempre cuidarei de você.

Ela apenas balançou a cabeça concordando.

A vida de Mel estava seguindo um caminho de flores e ela quase se sentia pronta para enfrentar sua madrasta e seus planos de maldade.

Foi quando ela viu Lee. O seu sorriso sumiu quando percebeu que os olhos dele estavam cheios de raiva.

Lentamente se afastou de Kwan que também olhou na direção que ela encarava.

Lee veio como um furacão e passou por eles esbarrando em Kwan de propósito.

Kwan tentou ir atrás dele, mas Mel segurou seu braço impedindo que fosse.

— Deixa que eu cuido disso.

Dizendo isso correu atrás de Lee que andava em direção a quadra da faculdade com passos largos.

— Lee, espere por favor – chamou quando não tinha mais ninguém por perto. Não queria nenhum fofoqueiro de plantão ouvindo a conversa deles.

— O que quer? – Lee virou bruscamente.

— Quero saber qual o motivo da sua atitude.

— Que gracinha! Vai se fazer de inocente depois do que acabei de ver? – o ciúme o corroía.

— Não consigo acreditar que está assim porque abracei o Kwan. Ele é meu amigo. Vocês não costumam abraçar os amigos na Coreia?

— O que pensaria se me visse abraçando uma de minhas colegas no pátio? Eun-Kyung é minha amiga desde nossa infância, não deve ter problema abraçá-la.

Mel não soube o que responder. Ficava triste só de imaginar a cena. Ele estava certo. Devia ter pensado direito antes de abraçar Kwan.

— Sinto muito – baixou o olhar.

— Que seja! Era o que eu precisava ver depois de ter enfrentado minha família para acabar com o casamento arranjado.

— Lee...

Queria dizer que estava arrependida, que nunca mais faria nada que o deixasse magoado, mas ele não parecia disposto a ouvir.

Ele voltou a caminhar sem olhar para trás. Mel pensou em segui-lo, mas desistiu quando sua ex-noiva apareceu e começou a andar com ele de braços dados. Nesse momento ela sentiu a mesma dor que ele sentiu quando a viu abraçada a Kwan.

Passou o resto das aulas sem dar muita atenção as palavras dos professores. Sua atenção estava concentrada em planejar uma forma de conseguir o perdão de Lee.

No fim das aulas procurou por ele. Sem sucesso. Também não encontrou Kwan.

Do trabalho foi para casa decidida a cozinhar para ele. Ainda era uma negação no quesito culinária, mas tinha um objetivo.

Talvez dê certo – pensou animada enquanto cortava legumes e se distraia com as receitas.

Em pouco mais de uma hora a mesa estava posta. Ela tomou um banho e sentou no sofá para aguardar a chegada dele. As horas passavam lentamente e nada de Lee aparecer. Mel olhava constantemente o relógio da parede e ficava cada vez mais triste.

Quando Lee chegou no pequeno apartamento encontrou Mel dormindo de mau jeito no sofá.

Tirou uma mecha de cabelo que insistia em ficar no rosto dela e a cobriu com uma manta.

Depois de algum tempo velando o sono dela Lee foi até a cozinha saciar sua sede. Um sorriso involuntário apareceu em seu rosto ao ver a mesa que Mel havia preparado.

O que ela pensaria se soubesse que minha ex-noiva me roubou um beijo horas antes da minha cena de ciúmes? – pensou.

Deixou o celular em cima da mesa e foi tomar banho decidido a conversar com a mulher que amava até esclarecer tudo entre eles.

Mel despertou logo que Lee entrou no banheiro. Ela viu a mochila dele em cima da mesa de centro e olhou o relógio. Eram 22:00, as aulas terminaram as 13:00.

Onde será que ele estava? – se perguntou e foi ver se ele havia comido a refeição que preparou.

A mesa estava do mesmo jeito que deixou. Exceto pelo celular que vibrou assim que ela olhou para ele como se tivesse sido ativado pelo seu olhar. Vencida pela curiosidade Mel abriu a mensagem.

Não conseguiu acreditar nas palavras e leu mais uma vez para confirmar se não estava enganada.

Não havia enganos. Lá estava escrito exatamente: *Adorei nosso beijo.*

Mel deu um passo para trás esbarrando na cesta de frutas e fazendo algumas caírem no chão. Nessa hora o celular vibrou novamente. Havia outra mensagem que dizia: *Será nosso segredinho.* Em anexo havia uma foto de um casal se beijando. Dava para ver claramente o homem de olhos fechados encostado em uma moto; e a mulher que o beijava parecia extremamente feliz.

Sem vontade ou forças para confrontar Lee, ela pegou a bolsa no quarto e fugiu deixando o celular dele na mesa.

Saiu andando até encontrar uma pojangmacha[13]. Queria beber e procurar briga. Ligou para sua amiga Sun-hee e a convidou para beber com ela.

Percebendo que a amiga não parecia bem ela aceitou o convite e pediu para Mel esperar por ela antes de começar a beber.

Sentada sozinha em uma mesa no canto da tenda Mel pediu uma garrafa de Soju e virou um copo atrás do outro. O senhor e o rapaz que serviam na tenda olharam para ela desconfiados de que devia ter brigado com o namorado ou perdido o emprego. Já estavam acostumados com os costumes dos clientes; ocidentais ou não. Quando

---

13. Pojangmacha: pequenas tendas ou carrinhas ambulantes que vendem comida e bebida na Coreia do Sul. São locais populares para comer ou tomar uma bebida à noite.

alguém bebia sozinho, e muito, era sinônimo de tristeza e raiva.

Mel já sabia o gosto do Soju, pois comprava pela internet para mostrar as pessoas que visitavam sua casa. Para ela havia uma diferença entre o que bebia no Brasil e o que bebia em Seul. Em Seul parecia mais gostoso.

Ela havia colocado na lista que ficaria bêbada com soju, mas pretendia beber entre amigos e ser levada nas costas pelo homem que roubasse seu primeiro beijo. Mas ele estava muito ocupado beijando outras garotas.

Lembrando que geralmente as mocinhas dos doramas bebiam quando estavam com raiva dos mocinhos desejou que o fim da sua história não fosse trágico como alguns que assistiu.

Enquanto ela bebia Lee saiu do banheiro e procurou por ela pela casa toda até que viu as frutas no chão e a mensagem no celular.

Pegou a chave da moto e saiu procurando por ela.

Mel não acreditou em sua visão quando viu sua amiga chegar com Kwan.

— Falei para me esperar – Sun-hee recriminou quando viu que a amiga já estava embriagada.

— Você demorou – respondeu com a voz embargada e virou outro copo. – Sentem-se. Vamos brindar a droga da vida.

Não olhou para Kwan inicialmente. Mesmo bêbada tinha vergonha de encará-lo e que ele visse em seus olhos o motivo do seu sofrimento.

— Brigou com Lee Kang Dae por causa daquele abraço? – Kwan perguntou se aproximando e minando todas as chances que ela tinha de ignorá-lo.

— Quem é Lee? Não conheço nenhum monstro insensível com esse nome – resolveu tentar brincar.

Kwan segurou o braço dela ajudando-a a se levantar.

— Vamos! Vou te levar para casa. Amanhã você trabalha e tem aulas, então vamos deixar para beber no fim de semana.

— Não quero ir a lugar nenhum – Mel puxou o braço com brutalidade desiquilibrando por alguns instantes, mas Kwan impediu que ela caísse.

— Tire suas mãos dela – a voz de Lee invadiu o ambiente firme e poderosa.

— Chegou o monstro insensível – Mel se desvencilhou de Kwan e sentou-se novamente pegando o soju e despejando sem muito foco no pequeno copo. Virou a bebida de uma vez.

Ela não conseguia ver claramente o rosto de Lee. As coisas pareciam sem foco. A tenda parecia ter vida.

Lee se aproximou e tirou a garrafa das mãos dela quando ela começava a encher o copo outra vez.

— Qual é o seu problema garota? – rosnou enquanto puxava ela da cadeira fazendo a garrafa cair e derramar bebida na mesa e no chão.

— Qual é o seu problema garota? – Mel o imitou encarando-o cheia de raiva.

Com um sorriso no rosto Lee sustentou seu olhar embriagado.

— Como posso amar alguém tão encrenqueira quanto você?

— Você nem sabe quem sou eu – acusou.

— Pode me contar quem é você quando chegarmos em casa. Chega de show!

Sem aviso prévio Lee abaixou, passou um braço atrás dos joelhos dela e suspendeu seu corpo.

Mel soltou um grito de surpresa.

Kwan abafou o sentimento de inveja ao ver como o amigo anunciava seu amor aos quatro ventos sem se importar com nada nem ninguém. Imaginou que se Mel o amasse faria o mesmo.

— Pode cuidar da bagunça? – Lee se virou para ele antes de partir e jogou a chave da moto.

Ele pegou a chave com um movimento rápido e apenas assentiu. Não tinha forças para falar com o amigo.

Maldito destino! – Kwan odiava sentir inveja.

— Não é assim. Devia me levar nas costas – o rosto de Mel estava escondido no peito de Lee. Ele quase não entendeu suas palavras.

Acabou sorrindo ao lembrar que ela tinha um monte de desejos estranhos para realizar.

— Isso não estava na sua lista, mas prometo que realizarei esse seu desejo outro dia.

Depois de poucos passos percebeu que ela dormia. O peso de acordar cedo para estudar, ir da faculdade para o trabalho e depois passar grande parte da noite trabalhando em um jantar que ninguém comeu; absorveu sua energia e a falta de costume com muito álcool acabou por derrubá-la.

Lee acomodou ela no colo e continuou andando. O apartamento estava próximo, não valia a pena pegar um táxi. Ele queria aproveitar ao máximo a sensação de tê-la em seus braços.

Sem muita dificuldade ele subiu para o apartamento e a colocou na cama. Acariciou seu rosto e seu cabelo durante algum tempo até que ela começou a se mexer e a resmungar que o odiava e que o amava.

— Então você fala enquanto dorme?! – sorriu antes de ir para seu próprio quarto. – Descanse que amanhã vamos esclarecer os últimos acontecimentos.

Depois da primeira briga

Antes de abrir os olhos Mel colocou as mãos na cabeça antecipando uma piora em sua dor de cabeça. Abriu os olhos devagar ... As lembranças vinham como enxurrada.

Não acredito que fiz isso – batia os pés na cama com vergonha e raiva de beber porque estava furiosa.

Os movimentos pioravam a dor de cabeça, mas ela não se importava. Não queria sair do quarto e ver a expressão de deboche que certamente estaria no rosto de Lee.

Não teve muita escolha. Logo escutou uma batida forte na porta do seu quarto e a voz de Lee se fez ouvir:

— Levante-se, tome um banho e venha tomar uma sopa e remédio para ressaca.

Sem esperar respostas ele se afastou.

Depois de alguns minutos Mel percebeu que não havia como fugir. Pegou suas coisas, abriu um pouco a porta espiando se ele estava por perto e correu para o banheiro quando constatou que não estava.

De banho tomado sentia-se melhor para enfrentar seu colega de apartamento.

Assim que saiu do quarto topou com ele que ia bater novamente na porta.

Ele estendeu um copo e um comprimido.

— Tome.

Ela aceitou sem levantar o olhar. Tomou o remédio e sentou no sofá. Sentiu um delicioso cheiro de sopa.

Lee não esperou que ela pedisse. Trouxe a sopa e colocou na mesa de centro.

— Coma.

Devagar Mel provou a sopa. Era uma desculpa para não olhar para ele. Estava com vergonha de sua atitude, mas também com raiva dele.

— Por que bebeu tanto ontem? – instigou. Queria que ela confessasse que estava com ciúmes das mensagens que viu em seu celular, pois assim se sentiria menos humilhado em expor o quanto vê-la abraçar Kwan o afetou.

Mel apenas o olhou. A cabeça ainda doía e ela implorava para o remédio fazer efeito logo. Não queria discutir com ele. Ainda estava muito magoada.

— Não vai mesmo dizer? – insistiu.

— Eu estava triste, com raiva e com ciúme. Satisfeito? – ela até queria encará-lo, mas foi forçada a baixar o olhar envergonhada. – É a primeira vez que me sinto assim e não soube o que fazer.

— Deveria ter me perguntado sobre as mensagens. Assim como eu deveria ter conversado com você sobre o abraço que deu em Kwan e não sair magoado como um estúpido idiota – ele pegou a mão dela e segurou com firmeza. Só voltou a falar quando ela levantou o rosto para encará-lo. – Somos novatos e vamos errar muitas vezes, mas eu te amo. Nunca duvide disso.

— Eu também amo você. Não consigo enxergar mais ninguém. Kwan é apenas meu amigo.

— E aquela garota estava tentando me provocar porque anunciei que não nos casaríamos. Ela aproveitou de um momento de distração e me beijou. Só senti pena e nojo. Acredite em mim.

Ele estava tão perto que Mel não conseguiu pensar em nada para dizer. Ele sabia que provocava isso. Que a deixava sem ação com a expectativa de um beijo.

— Prometa que jamais vai beber se eu não estiver presente.

Como resposta Mel balançou a cabeça para cima e para baixo.

— Você quer que eu te beije?

Novamente ela balançou a cabeça. E ele apenas disse:

— Me beije – não era um pedido ou uma ordem, era uma condição. Se ela queria beijo deveria beijá-lo.

Devagar Mel se aproximou até ficar tão perto que poderia sentir a respiração quente dele. Apoiou as mãos em suas pernas e o beijou. Era um beijo tímido de quem ainda não tinha confiança do que poderia ou não fazer, mas logo se tornou algo intenso. Lee a envolveu em um abraço e a puxou para cima do seu corpo no sofá. As mãos dele desciam e subiam nas laterais do corpo dela deixando-a zonza. Ele queria bem mais que um beijo. Desejava estender o beijo a cada pedacinho do seu corpo, mas havia decidido que não consumaria seu desejo. Mesmo com uma voz dentro da sua cabeça gritando para não parar ele afastou Mel o bastante para dizer:

— Termine sua sopa. Você tem compromissos hoje.

Ela o olhou um pouco confusa, mas se afastou. Ele estava certo.

Obedeceu e tomou a sopa rapidamente para não se atrasar para a faculdade.

Nesse momento Mel sentiu falta de sua vida no Brasil. De seus privilégios. Poderia ficar quanto tempo quisesse com Lee se levasse aquela vida.

Foram juntos na moto dele sem notar que o tempo todo estavam sendo seguidos por alguém contratado por Ahn Young-Soo.

Cenas de dramas

No dia seguinte Lee saiu bem cedo para acompanhar uma reunião na sede da K1 Corporation.

Mel acordou no horário de costume para ir a faculdade.

Quando entrou na cozinha para preparar o café da manhã percebeu sobre a mesa que tudo já estava pronto.

Parece que estamos casados – sentou à mesa sorrindo e pegou o bilhete que estava em cima da vasilha de kimchi.

"Do seu monstro insensível. Te amo"

Seu sorriso se alargou.

Sentou-se e aproveitou a refeição. Pensou que nunca provou nada tão gostoso.

Durante todo o dia tentou controlar o sorriso tolo em seu rosto para não chamar a atenção das pessoas.

Quando chegou no restaurante da senhora Park, depois das aulas, viu uma movimentação estranha; dois carros de alto valor estavam parados na porta. Desconfiada de que pudessem estar atrás dela entrou sorrateiramente, mas acalmou quando percebeu que só havia coreanos no ambiente.

Antes que chegasse longe foi interceptada por dois seguranças. E a senhora Park veio ao seu auxilio.

— Você tem visitas – falou sem dar maiores detalhes.

Com carinho guiou Mel até uma mesa onde uma senhora bem conservada e com uma expressão arrogante estava sentada. Mel notou um dos seguranças fechar a porta e virar a placa para fechado.

— Você sabe quem sou? – a mulher perguntou rudemente.

— Não – Mel respondeu simplesmente.

— Sou a mãe de Lee Kang Dae.

Mel se perguntou se a mãe dele sempre o chamava assim.

— É um prazer conhecê-la – evitou comentar que Lee não falava nela. Nem sabia direito qual o motivo e não se via no direito de perguntar quando escondia segredos maiores dele.

— Soube por Eun-Kyung que você está namorando meu filho. Quero saber quanto quer para se afastar dele. Me dê seu valor!

Chocada por realmente estar ouvindo tal proposta Mel ficou muda. Sentiu ímpetos de rir ao recordar todas as cenas, como a que vivenciava, que apareciam no doramas.

Aproveitando seu silêncio a mulher abriu uma mala cheia de dólares em cima da mesa.

— Não preciso do seu dinheiro – decidiu acabar com qualquer mal-entendido mesmo sem poder se revelar.

— Esse dinheiro é minha tentativa de separá-los por bem – a senhora fechou a mala.

Levantando-se Mel retrucou repetindo as mesmas palavras de antes:

— Não preciso do seu dinheiro.

Empurrou os seguranças que se colocaram em sua frente, mas eles permaneceram bloqueando seu caminho.

— Está cometendo um erro criança. Mesmo que não aceite esse dinheiro o seu relacionamento com meu filho não terá futuro. Ele é um homem inteligente e logo perceberá que você não está à altura da nossa família.

Mel não respondeu. Desvencilhou-se dos seguranças e seguiu para a cozinha. Não tinha nada para dizer a mãe de Lee. Não enquanto estivesse fingindo ser outra pessoa.

Depois que a mulher se foi com seus seguranças a senhora Park chamou Mel para uma conversa antes de liberar a entrada dos clientes.

— Como se sente, criança?

— Agradecida por não levar água na cara – riu.

— Se ainda encontra forças para brincar deve estar bem mesmo. Foi isso que a trouxe para Seul?

— Isso o que? – perguntou confusa.

— Os romances que vê na TV. Somente neles essa história de água na cara acontece. Na realidade as coisas são mais práticas e geralmente quando as pessoas têm que escolher entre amor e poder acabam por escolher o poder.

Mel riu novamente, mas a senhora Park fez uma pergunta que a deixou séria.

— O que escolheria se precisasse optar entre o amor de um homem e a herança de seu pai?

— A herança de meu pai é o seu amor – respondeu sem titubear.

— Que bom que pensa assim. Você é realmente uma criança maravilhosa.

— Me diga uma coisa senhora Park, a senhora acha que aquela mulher pode fazer algo contra o restaurante da senhora, como nos dramas?

— Fique tranquila. Duvido que ela use esse tipo de artifício. Mas prometo que se algo acontecer te aviso ou te demito – comentou brincalhona e seguiu para o caixa deixando a cargo de Mel virar a placa para liberar a entrada dos clientes.

Quando voltou ao apartamento Mel decidiu tentar cozinhar algo para Lee novamente. Buscou a receita de uma sopa na internet e se concentrou em fazer.

Quando Lee chegou ela ainda lutava com as panelas no fogão. Não percebeu sua chegada.

Encostado na parede do quarto, com uma visão extremamente privilegiada ele observava a cena a sua frente.

Com o celular na mão Mel parecia preocupada. Olhava a tela e olhava a panela no fogo. Depois passava a mão na testa empurrando o bendito cacho que soltou do rabo de cavalo.

De repente Mel virou na direção de Lee. A mão segurando o cacho atrás da orelha ficou imóvel enquanto o coração chegava ao ritmo que só alcançava quando ele estava em seu campo de visão.

— É a cena mais linda que já vi – seu sorriso estava radiante, mas sua voz estava mais rouca que o normal.

Mel sorriu soltando o cacho teimoso.

— Queria fazer algo por você.

— Continue. Preciso de um banho, mas já volto para experimentar seja lá o que esteja fazendo.

Sem esperar respostas ele seguiu para o quarto e depois para o banheiro, onde enfrentou um banho gelado para aplacar o desejo que se apossou do seu corpo ao vê-la.

Quando voltou ela estava esperando com a mesa posta.

— Está muito ruim? – perguntou assim que ele colocou a comida na boca.

— Está delicioso.

Desconfiada ela provou. Começou a tossir.

— Mentiroso. Pare de comer isso. Vou pedir algo para a gente.

— Está bom sim. Só usou mais condimentos que o necessário. Depois vou te ensinar a cozinhar.

— Você é um amor, mas pode parar de fingir. Isso está horrível – pegou o celular e pediu comida.

Bem mais tarde quando conversavam sobre coisas do cotidiano Mel decidiu contar o que aconteceu.

— Antes que você descubra de uma forma não muito agradável preciso te contar algo que aconteceu hoje.

— Estou ouvindo.

— Conheci sua mãe mais cedo.

Tinha toda a atenção dele.

— Foi uma experiência bem interessante. Você sabe que sou muito fã dos dramas coreanos; neles sempre tem uma cena onde a mãe oferece dinheiro para a protagonista deixar o mocinho. E quando ela não aceita a mulher joga água na cara da mocinha. Juro que senti falta da água.

Ela falava como se contasse uma história engraçada.

— Por que não parece nem um pouco chateada com a situação?

— Porque eu amo você; não a sua mãe. Também não acho que a vida real seja tão complicada. E, por fim, confio em você. Sei que não é fraco para ter seus sentimentos abalados por algo assim.

— Sua inteligência às vezes me assusta.

Mel riu.

— Não chego nem perto de ser tão inteligente quanto pensa.

— Mesmo que sua visão sobre o acontecido seja essa ainda pretendo conversar com minha mãe. Ela precisa saber que não pode interferir assim em minha vida.

Estavam deitados na cama dela observando as estrelas decorativas no teto. Lee adiava a hora de ir para o próprio quarto.

Mesmo contra a vontade ele levantou. Sabia que se ela continuasse massageando seu ego não resistiria ao desejo de experimentar tudo que ela podia oferecer.

Mel observou ele se levantar. Engoliu em seco. Em sua mente apenas se perguntava se seria muito ousada se o puxasse de volta e o sufocasse de beijos.

Decidiu que o melhor para aplacar o fogo em seu corpo era usar o humor, mas escolheu a linha de humor errada.

— Sua mãe não precisa preocupar tanto. Você nem é o tipo de homem que gosto. Nem tem muitos músculos ou tatuagens – provocou analisando o corpo dele de cima a baixo e engolindo em seco.

Lee arrancou a camisa.

— Meu corpo não te agrada? – perguntou insinuante enquanto caminhava de volta em direção a cama onde ela estava deitada. Seus olhos brilhavam hipnotizando Mel por alguns longos segundos.

Ela puxou o cobertor sobre a cabeça e se escondeu. Não queria responder. Sequer sabia o que responder. Estava assustada com as batidas frenéticas do seu coração e com a vontade louca de puxá-lo para baixo do cobertor. Quis conhecer os prazeres da carne com ele de forma tão intensa que seu corpo inteiro estremeceu.

Ouviu a risada de Lee e decidiu sair do esconderijo e mostrar para ele a reação do seu corpo, mas a porta se fechava atrás dele abafando sua risada e trancando a coragem dela.

Naquela mesma noite, mais tarde, abraçada ao imenso urso que ganhou Mel sorria para as paredes. Se sentia amada, desejada e única.

No quarto ao lado sem sono Lee se perguntava onde encontrou tanto controle.

Um novo personagem

O novo aluno da universidade chegou fazendo alvoroço. O cabelo tingido de rosa, as roupas extravagantes, o estilo menino rebelde, e principalmente as tatuagens chamavam a atenção de todos.

Quando no fim das aulas ele parou na porta da sala de Mel o alvoroço foi maior, e chegou ao ápice quando ele a interceptou questionando:

— Você é a namorada do meu irmão?

Mesmo confusa por nunca ter ouvido falar em um irmão de Lee e, principalmente, por eles em nada se parecerem fisicamente, Mel o encarou e desafiou:

— Você veio pedir para que eu fique longe do seu irmão?

O garoto mostrou seu melhor sorriso cínico. Nessa hora Mel começou a encontrar semelhanças. Ambos tinham um sorriso devastador.

— Soube que era uma pantera. Admiro isso.

— Vai dizer o que quer ou seu objetivo é chamar a atenção das pessoas para nós? – tentou passar por ele, mas foi interceptada e ficou entre ele a parede.

Torceu para Lee não aparecer, pois pelo que podia ver a personalidade dos dois é muito parecida. O cenário poderia se tornar sangrento se ele os visse naquela posição.

Devem ser irmãos mesmo – pensou.

Mel olhou ao redor observando os olhares de inveja e fúria que vinha das suas colegas. Alguns garotos esperavam apenas para ver se ela bateria nele como fez com Lee.

Pensando nisso Mel começou a rir e a tentar esconder o riso. Isso deixou o garoto inquieto.

— Qual é a graça?

— Desculpe – respirou fundo tentando manter a vontade de rir sob controle. – É que eles esperam que eu bata em você.

O garoto olhou ao redor sem disfarçar e caiu na gargalhada.

Mel surpresa com sua atitude ficou imóvel. Até que voltou a si e saiu correndo aproveitando a distração do estranho garoto.

O garoto percebendo que ela escapou riu mais alto e balançou a cabeça enquanto caminhava lentamente para a saída.

Vai ser divertido! – pensou.

Enquanto isso na mansão do príncipe uma revelação era feita.

— Está me enrolando há algum tempo. Já perdi aulas hoje. Precisa me dizer o que deseja ou me deixar partir – Lee estava cansado de esperar a mãe dizer o motivo de tê-lo chamado.

— Essa é sua casa.

— Mãe!

— Desde que você começou a cumprir a bendita cláusula do testamento tudo começou a desmoronar; problemas na empresa, se envolver com uma estranha e deixar sua noiva.

— Foi para questionar minhas escolhas que me chamou aqui?

— Não. Preciso te contar de uma vez por todas antes que saiba por terceiros. Você tem um irmão – despejou as palavras.

— Irmão? – Lee estava muito além de surpreso.

— Não é filho do seu pai, por isso o escondi de quase todos, mas ele sabia de você e seu pai sabia dele. Antes de me casar com seu pai eu estava apaixonada por outro homem, mas coloquei meus interesses em primeiro lugar e decidi me casar com ele. Acontece que encontrei esse homem alguns anos após estar casada. Você já estava com mais de um ano. Desse encontro nasceu Dong-hwa. Ele ficou com o pai e eu decidi manter em segredo de todos, inclusive de você.

Ela jogava tudo mal parando para respirar. Falava apenas o que considerava necessário. Deixou de lado informações como ter pensado várias vezes em fugir com seu primeiro amor e em como conseguiu se deixar convencer que o dinheiro era mais importante que o verdadeiro amor.

— Você era muito novo, por isso não lembra muito bem, mas ficamos em uma fazenda por um ano. Não permiti que seu pai assumisse a criança – evitou dizer que eram raras as vezes que tinha relações sexuais com o marido e que, por isso, não podia mentir para ele que o filho lhe pertencia. – Durante esse tempo na fazenda eu evitava ficar perto de você para não atiçar sua curiosidade infantil com minha enorme barriga. Foi assim também que escondi da mídia a gravidez. Seu pai dizia para quem sentia nossa falta que estávamos em um sítio para te afastar da agitação da cidade por algum tempo. Ele nos visitava todos os fins de semana, mas ficava com você. Evitava me ver.

Lee ainda tentava administrar o significado da palavra irmão. Estava imóvel, quase não respirava.

— Depois que Dong-hwa nasceu e entreguei para o pai dele conversei com seu pai e decidimos que você não deveria saber. Eu decidi na verdade, e como o filho era meu ele não se opôs.

Não teve tempo para ser a mãe carinhosa que eu precisava. Me deixou invejar a relação dos meus colegas com suas mães – Lee pensou enquanto ouvia o relato em silêncio.

Como se ouvisse os pensamentos dele, ela continuou:

— Eu fui uma péssima mãe para vocês dois. Tentei compensar seu irmão por não viver comigo, então passava todos os momentos importantes com ele; principalmente os aniversários e como coincidia com o seu acabava por deixar você sozinho nessa data. Não quero tentar justificar usando o fato de você ter um pai para te fazer companhia porque seu irmão também tinha – ela falava sem parar tentando não olhar diretamente nos olhos do filho. – Achei que estava fazendo o certo diante da situação e não me arrependo.

Depois de alguns instantes Lee respirou fundo e tentou ser frio ao questionar:

— O que isso significa? Por que está me contando agora?

— Porque cansei de mentir. E seu irmão por mais que eu tenha pedido que não o fizesse pretende estudar na mesma universidade que você.

— Não é qualquer um que entra ali.

— Ele já conseguiu. Começou hoje, por isso quis conversar com você antes que se encontrassem.

— Ele realmente sabe da minha existência?

— Sempre soube.

— Obrigado por me contar – levantou bruscamente e saiu sem olhar para trás.

Deixou sua mãe parada como estátua. Ela ainda tinha muito para contar. Queria pedir perdão apesar de saber que sua personalidade a impediria de fazer isso.

Por que tive que dizer que não me arrependia? – se questionou várias vezes antes de levantar e tentar seguir com suas obrigações diárias.

A cabeça de Lee estava uma bagunça. Tinha um irmão com quase a sua idade e nada sabia sobre ele. Por causa dele sofreu achando que a mãe não o amava. Tentava entender porque ela escondeu dele e não escondeu do outro filho. Deu várias voltas de moto para esfriar a cabeça e colocar os pensamentos em ordem.

Quando voltava para o apartamento ele encontrou uma visita inesperada na portaria.

A pessoa estava parada no início da escadaria que levava aos próximos andares. E permanecia de braços cruzados com um sorriso desafiador nos lábios.

Ele não saiu da frente quando Lee chegou. Em uma quase dança Lee se viu obrigado a encarrar o obstáculo.

— Se quer dizer algo seja rápido – não estava com ânimo para conversa.

— Com pressa maninho?

Essa pergunta fez Lee olhá-lo da cabeça aos pés.

— Pelo seu olhar percebo que já soube da minha existência.

Lee o analisou durante um tempo antes de falar:

— Podemos conversar lá em cima? Não acho apropriado discutir assuntos de família ao pé da escada de um prédio qualquer.

— Não creio que seja a melhor ideia. Sua bela namorada está lá. Vamos tomar uma bebida, eu pago.

Lee concordou. Precisava conversar com ele antes de apresentá-lo a Mel. Ainda nem sabia se o relacionamento deles seria de irmãos ou de inimigos.

Em silêncio caminharam até uma tenda e pediram soju e cerveja.

— Vou ser o primeiro a falar já que estamos na segunda garrafa sem conversar. Como se sente ao saber que tem um irmão? – Dong-hwa decidiu quebrar o silêncio.

— Ainda não sei definir – Lee optou por ser sincero.

— Sempre tive pena de você. Apesar de ser o herdeiro de um império e de viver ao lado da nossa mãe nunca teve o que mais queria: o amor completo dela – comentou calmamente.

— Por que acha isso? – Lee analisava cada ato e palavra dele.

— Simplesmente porque vi. Quantas vezes ficou sozinho em casa enquanto sua mãe viajava? – não esperou resposta. – Ela estava comigo nos natais, férias, aniversários. Todos os aniversários. Ela tinha que escolher, pois o destino foi irônico e mesmo que em anos diferentes nascemos no mesmo dia e no mesmo mês.

Lee virou toda cerveja do copo. Já tinha ouvido isso de sua mãe e não sabia qual era mais doloroso; ouvir dele ou dela.

— Ela nunca me escondeu a sua existência. Me contou quando eu tinha dez anos e questionei porque aparecia somente nessas datas. Lembro exatamente as palavras dela. Ela me disse: É que a mamãe tem duas famílias. Você tem um irmãozinho e precisa dividir a mamãe com ele.

Lee continuou em silêncio e ele continuou:

— Te segui algumas vezes. Inicialmente fiquei com ciúmes, mas depois tive pena do garoto de expressão séria quase carrancuda que seguia o dono de uma corporação para cima e para baixo. Liberdade é algo inestimável.

— Vejo que sua intenção é apenas me provocar – Lee colocou mais bebida no copo.

— De forma alguma. Quero que saiba a verdade por mais dura que seja e decidi que serei seu irmão em todos os sentidos da palavra. E só decidi isso depois que soube que começou a seguir seus próprios passos. Amo nossa mãe, mas sempre pensei que cada um deve seguir seu caminho e você estava seguindo a linha que ela desenhou – continuou demonstrando que sabia muito sobre ele.

— Você é tão arrogante. Me lembra alguém – Lee não pode deixar de sorrir.

— É mesmo? Quem?

— Eu.

Riram e pediram mais cerveja.

Não falaram mais da mãe deles. Tinham muito o que conversar para se conhecerem.

Lee pensava se estava sonhando. Descobrir que tinha um irmão e que esse irmão era uma pessoa sabia e divertida poderia ser só um sonho.

Ouvir a verdade não doía. A mentira, que fez com que só se conhecessem agora, sim. Mas isso não iria interferir em sua decisão de ser feliz. Estava disposto a nunca mais ser visto carrancudo. Decidiu isso depois de se declarar para Mel.

Vendo que estava tarde Lee se despediu, mas o convidou para visitá-lo no dia seguinte para conhecer a mulher mais importante em sua vida.

Pontualmente às 18:00 ele tocou a campainha. Mel já tinha ouvido por Lee tudo que aconteceu.

— Olá cunhadinha – cumprimentou alegremente.

— Entre e fique à vontade. Lee está cozinhando – Mel decidiu fingir que o encontro na universidade não havia acontecido.

Ele a seguiu até a cozinha conjugada onde Lee se distraia com alguns legumes.

— Hey maninho, foi escravizado por essa bela morena?

— Oi, nada disso. Só não quero morrer envenenado.

— Ai, ai, você ganhou um irmão para se unir e falar mal de mim? – resmungou pegando três cervejas na geladeira. Entregou uma para cada e abriu a sua.

— Confesse que não sabe nem fritar um ovo.

— Confesso que nunca mais tento cozinhar para você. No dia nem reclamou. Seu irmão chega e usa como motivo para me atormentar – comentou em português.

— Fale em coreano mesmo quando for me xingar. Eu aguento – Lee riu. Não sabia o que significava as palavras dela, mas o tom indicava que não era coisa boa.

Como reposta ela colocou língua para ele e saiu em direção ao som para escolher uma música.

Sozinhos os irmãos conversavam:

— Que inveja senti aqui. Você a ama muito.

— Como um idiota. A amei desde o primeiro momento que a vi – respondeu pensativo antes de olhar para ele e perguntar: – Você tem alguém que ame?

— Ainda não.

Mel voltou e começaram a conversar sobre suas infâncias. Mesmo sem contar quem era ela não mentiu em nenhum momento.

Animada com os irmãos comentou algo que aprendeu com Romulo:

— Aprendi um código com um amigo de infância. Deve-se usar letras no lugar dos números ou números no lugar das letras. Depende do que você deseja dizer. Mas deve ser a letra ou o número correspondente ao próximo. Por exemplo: Se for escrever o número 1 deve usar a letra B que é correspondente a segunda letra do alfabeto. Nesse caso do alfabeto latino.

— Gostei. É simples e pode ser útil para guardar segredos – Dong-hwa comentou.

Ela sentiu necessidade de falar sobre esse código para que eles tivessem acesso a algo pequeno, mas importante. Algo que incentivasse a criarem seus próprios códigos de irmãos.

Seu coração doía ao imaginar que eles poderiam ter crescido juntos.

O destino é tão cruel às *vezes* – pensou.

Encontrada

Os seis meses que deveriam ser uma prova estavam sendo melhores do que Lee esperava. Ele não se conhecia mais. Apesar de ainda não ter se entendido completamente com a mãe tinha seus amigos, seu irmão e, mais importante, seu amor.

Pena que o destino tinha planos nos quais não cabia somente felicidade.

Faltando poucas semanas para terminar o prazo que o testamento exigia. Ele e Mel receberam uma visita bastante inesperada.

Lee abriu a porta do apartamento e deu de cara com um homem loiro e mal-encarado.

— O que deseja? – perguntou estranhando o fato de ter um estrangeiro em sua porta.

O homem que não entendia sequer uma palavra em coreano ficou em silêncio por algum tempo, mas antes que Lee fechasse a porta na cara dele sua atitude mudou e um sorriso iluminou seu rosto.

— Mel! Enfim te encontrei.

Lee olhou na direção do olhar do homem e encontrou sua amada com uma expressão de pavor e surpresa no rosto. Mas ouvir o nome pelo qual ele a chamou fez tudo parecer mais estranho. Mel? Quem era Mel? Só conhecia a mulher que se escondia atrás dele como Alison ou Morena.

O homem forçou a entrada, mas Lee interceptou com o corpo.

— Não disse que podia entrar – sua voz estava repleta de ameaças. Insistia em usar sua língua natal.

— Quero conversar com ela – falou como se a justificativa fosse plausível para uma invasão. Ele começou a falar em inglês como se soubesse que Lee entenderia cada palavra.

Despertando do susto Mel perguntou também em inglês:

— Como me encontrou? – permanecia parcialmente escondida atrás de Lee.

Não havia mais como esconder sua identidade. Teve medo de perder Lee por ser descoberta dessa forma. Arrependeu de não ter contado antes.

— Deu certo trabalho – era difícil decifrar o sorriso dele. – Você veio para bem longe. Por que fugiu?

Mel se afastou de Lee para olhar nos olhos de Lucas antes de responder:

— Porque vocês planejavam me matar – não percebeu que sua voz saiu como um grito esganiçado.

— Então você ouviu aquela conversa louca da minha mãe, ou alguém ouviu e te falou? Isso não significa que queríamos te matar. Foi um mal-entendido.

Mel pensou como um mal-entendido fez ele viajar para tão longe.

— Eu ouvi cada palavra de vocês dois e não foi uma brincadeira ou mal-entendido, você sabe disso.

Ela já estava completamente exposta. Não tinha como voltar atrás em suas mentiras, então decidiu enfrentar Lee depois que expulsasse Lucas dali.

— O que sei é que minha mãe está doente desde que perdeu o contato com você. Não acreditou que você fosse capaz de tirar férias sem dizer para onde ia. Isso a machucou muito. Sabe que é como uma filha para ela. Não devia ter esses pensamentos sobre a herança que nunca deixou de ser sua. Precisa voltar. Eu te imploro. Pelo bem da nossa mãe.

Mel não disse nada. Recordava de todos os bons momentos ao lado deles e tinha dificuldade de associá-los a imagem que viu no vídeo. Chegou a duvidar do que antes tinha certeza.

Lee permanecia parado de braços cruzados aguardando o desfecho da conversa. Continuava encarando Lucas sem coragem de olhar para Mel. Tinha medo de ver a expressão dela. Medo de que tudo que aconteceu entre eles fosse uma grande mentira.

— Por favor, você pode levar quem quiser – Lucas insistiu em sua versão de bom moço. – Pode até ir com a polícia se isso fizer com que se sinta mais segura, mas não deixe minha mãe morrer. Lembre-se que ela não foi sempre esse monstro que você imagina. Você só começou a imaginar isso depois de um mal-entendido.

— Vou pensar sobre isso – decidiu não estender a discursão, pois podia ver na expressão de Lucas que ele não iria embora sem insistir. E, pior, via pela veia saltada no pescoço de Lee que ele estava extremamente incomodado com a situação e que ficaria congelado naquela posição até que o visitante indesejado se fosse.

— Espero que pense com carinho. Esse é o endereço do hotel onde estou hospedado e meu telefone. Aguardo seu contato. Vai ser bom matar a saudade da minha noiva.

Ele estendeu o cartão, mas antes que Mel pudesse pegar Lee se adiantou, pegou o papel e colocou no bolso. Somente seu braço se moveu. Continuava parado no mesmo lugar. A palavra noiva fez seu sangue ferver nas veias.

Se instalou um silêncio pesado. Os dois homens se olharam dispostos a um confronto, porém Lucas desistiu.

Sabia que sairia perdendo mesmo se ganhasse. Seu papel ali era como um bom moço.

— Até breve!

Virou as costas e saiu.

Mel foi andando de ré e deixou o corpo cair pesadamente no sofá. Não esperava ser encontrada e muito menos se sentir culpada por fugir das pessoas que queriam matá-la.

Olhou para Lee que esperava impassível por uma explicação.

— Prazer, me chamo Mel – tentou sorrir para amenizar a tensão do momento.

Ele continuou impassível.

— Sente-se que contarei minha história.

Lee pensou em reclamar, mas acabou sentando. Precisava saber o que realmente estava acontecendo.

Durante alguns minutos Mel contou sua vida em um resumo. Falou sobre sua paixão por doramas e sua existência feliz ao lado do pai, da madrasta e dos dois filhos que ela possuía. Contou sobre a paixão adolescente que tinha pelo filho da madrasta. E por fim sobre a morte do pai, a conversa que escutou, o pedido de casamento e a fuga.

Todo o tempo Lee ouvia com os punhos fechados. Suas juntas estavam brancas.

— Sinceramente não sei como reagir a essa sua história. Parece muito surreal – comentou quando ela parou o relato. Sua voz fria como no primeiro dia em que se encontraram.

— Eu devia ter contado antes, mas...

— Mas não confiava em mim – interrompeu. – Tenho certeza que se esse cara não tivesse aparecido eu continuaria sem saber. Sinceramente não sei quem é você.

Mel não sabia como responder. O que ele dizia era verdade, mas por todas as vezes em que ele a magoou não conseguia confiar plenamente. O amava, mas isso não significava que tinha esquecido que precisou colar a pedrinha que soltou do seu pingente, ou a noite em que vagou sozinha por ter sido expulsa por ele, ou esquecer a vergonha que sentiu na maldita festa.

Toda vez que cogitava a possibilidade de contar a verdade lembrava de um desses momentos ruins e voltava atrás. Muitas vezes se perguntava se sempre foi desconfiada assim ou se isso começou quando soube que Lee era o único capaz de realmente machucá-la. Não tinha repostas. Queria muito ser a namorada perfeita. Queria muito não ter dúvidas ou temores. Mas infelizmente ainda não conseguia.

Só que Lee não sabia a confusão que estava sua cabeça e parecia não ter disposição para tentar entender.

Ela observou em silêncio ele entrar no quarto. Ficou sentada no mesmo lugar pensando em como agir para consertar a bagunça que estava sua vida. Até que a porta do quarto abriu e Lee saiu com uma mochila na mão.

Ele a encarou com muita raiva. Por mais que pensasse não encontrava motivos para ela não ter contado quem era. Em sua cabeça martela a voz de sua mãe: *Vou provar que ela só está interessada em nosso dinheiro.*

Imaginava se tudo aquilo fazia parte de algum plano para conseguir dinheiro ou destruir a K1. Iria descobrir e precisava de distância para isso. Não conseguia olhar para ela sem sentir raiva e vontade de beijá-la. Isso atrapalhava pensar com frieza.

— Você pode ficar com o apartamento – sua voz tão fria que fazia os pelos dos braços de Mel se arrepiarem. – O resto dos dias que faltam para finalizar os seis meses eu ficarei na casa de um amigo e depois disso voltarei para minha vida, minha casa, minha família e minha noiva.

As palavras saiam da sua boca sem filtro e se arrependia após cada uma delas.

— Vai partir sem acreditar em nada do que eu disse? – Mel insistiu apavorada com a possibilidade de perdê-lo.

Ele não parecia mais ouvir.

Incrédula Mel viu Lee partir sem olhar para trás.

Assim que a porta do apartamento se fechou atrás dele, a porta de suas lágrimas se abriu.

Inimigos unidos, Amigos unidos

Apesar de não saber o motivo de Mel viajar sem contar para onde, Lucas estava preparado para qualquer reação dela. Pesquisou tudo sobre a vida dela desde que chegou a Seul, usando colegas de faculdade e pessoas que frequentavam o lugar em que ela trabalhava.

Ele descobriu onde ela estava através de cartas que encontrou no quarto dela depois de meses sem contato. Eram cartas de Sun-hee e estavam em coreano, mas ele conseguiu um tradutor e o endereço da garota. Logo juntou as peças e foi atrás dela. Era o único lugar para onde ela poderia ter fugido.

Como descobriu a relação que a VCA tinha com a família daquele homem que estava com Mel, Lucas decidiu fazer uma visita a matriarca depois de esperar ela por dois dias no hotel em vão.

— Em que posso ser útil? – a senhora Ahn Young-Soo levantou o olhar do jornal que lia e encarou o visitante.

Repetiu a pergunta em inglês quando percebeu que ele não entendeu nada do que disse.

— Gostaria de saber se a senhora sabe da relação de seu filho com minha noiva e se aprova – suspirou aliviado quando soube que ela falava em inglês. Não tinha pensado na barreira da língua.

A senhora o analisou de cima a baixo e não o convidou para sentar. Simplesmente respondeu:

— É só uma paixonite. Meu filho tem uma noiva.

— Pois me parece que ele tem planos diferentes. Imagino que saiba que eles moram juntos. Já pensou na possibilidade de uma gravidez?

— Nem por cima do meu cadáver – levantou-se bruscamente. A possibilidade martelando em sua mente.

Lucas soube que acertou o ponto em que queria. Atrevidamente sentou-se e declarou:

— Gostaria de me aliar a senhora para afastar minha noiva do seu filho.

— O que o faz crer que desejo afastar meu filho de alguém? – Ahn Young-Soo ainda não confiava nas intenções do ocidental a sua frente.

— Antes de chegar nessa cidade eu já havia enviado detetives particulares. Sei sobre o noivado que seu filho terminou por causa de Mel e sei das implicações financeiras que envolvem sua família – referia-se as condições do testamento.

Esperava que ela ainda não os houvesse associado a empresa brasileira com a qual tinha contrato, pois temia que saber que Mel era a herdeira a tornaria uma possível candidata a nora.

Ahn Young-Soo achou estranho ele chamar a garota de Mel, mas não levou em consideração. O nome dela não era importante.

— Meu filho não mora mais com aquela garota e já reatou com sua noiva. Não vejo como você pode me ajudar – arrependeu-se de não questionar o motivo da mudança ao filho quando ele declarou que se casaria com Eun-Kyung o mais rápido possível.

— Por quanto tempo acha que vai durar essa calmaria? Posso apostar que se Mel pedir perdão ele aceita.

Ahn Young-Soo voltou a sentar e aprumou o corpo na imponente cadeira da biblioteca incomodada por saber que o homem a sua frente estava certo. O fim do noivado seria um escândalo de proporções mundiais. Por esse motivo tinha esperado para anunciar quando Lee decidiu acabar com tudo. Conhecia o mundo em que vivia. Nesse mundo largar uma noiva de anos por uma qualquer sem futuro faria uma bagunça nos valores das ações.

— Digamos que você esteja certo, o que pretende fazer?

— Vou convencer ela a voltar para o Brasil o mais rápido possível. Para isso preciso de um empurrãozinho. O anuncio público do casamento pode ser esse empurrão.

Ela já havia providenciado o anúncio.

— Vai sair nos jornais e revistas amanhã.

— Gosto dessa eficiência. Em poucos dias ela vai sair dessa cidade. Espero nunca mais ver alguém da sua família.

— Idem.

Desconfiada das verdadeiras intenções do seu novo aliado Ahn Young-Soo colocou uma pessoa de confiança para seguir todos os passos dele e da sua suposta noiva.

Alheio aos planos da mãe Lee passava a maior parte do tempo no computador pesquisando sobre a vida de Mel Bittencourt. Queria saber a verdade completa sobre a mulher que o enganou e a internet era o único meio, pois não queria que soubessem o quanto aquela situação o magoava.

Estava passando seus últimos dias, antes de voltar para sua casa, com seu amigo Kim Dong-sun. Até pensou em ficar com Kwan, mas desistiu ao lembrar que ele gostava de Mel.

Com sua investigação soube que ela era herdeira de uma fábrica de carros de luxo. Justamente a fábrica com a qual tiveram o problema da divulgação antecipada.

Ele só conseguiu encontrar as informações porque com a ajuda de Romulo Mel retomou todos seus contatos, acessos e redes sociais. Não via mais motivo para se esconder uma vez que Lucas já a havia localizado.

Ela teria que ser muito ambiciosa para viajar até a Coreia do Sul em busca de mais dinheiro, pois não parecia precisar – Lee pensava constantemente. Isso o deixava intrigado. Sentia que precisava saber mais. Sua única opção era procurar Sun-hee, a melhor amiga de Mel. Já que não queria falar diretamente com ela.

Foi exatamente o que fez. Sem avisar ao seu anfitrião pegou sua moto e pilotou até onde Mel trabalhava. A senhora Park o recebeu com uma expressão séria.

— Gostaria do prato do dia, por favor – pediu para ter uma desculpa de ficar no lugar. Enquanto ela foi buscar a comida ele procurou por Sun-hee com o olhar.

O local estava vazio. Era quase fim de expediente.

A senhora Park colocou o pedido sobre a mesa e sentou na cadeira em frente a dele.

— Não está aqui apenas pela comida, príncipe – ela já o conhecia pelas conversas com Mel e pelas notícias sobre ele e a K1 Corporation que sempre aparecia na mídia.

— Estou procurando uma funcionária chamada Sun--hee. Gostaria de conversar com ela.

— Deixei que saísse mais cedo hoje para consolar uma certa amiga injustiçada.

— Desde quando mentir é uma questão de justiça?

— Fico imaginando como agiria se estivesse no lugar dela. Estou certa de que também teria dificuldades em confiar.

— Com todo respeito, senhora, não sabe de nada sobre a minha vida.

— Não falava sobre você. Imaginava como eu reagiria. Você não é o centro do universo, meu filho. Se quer ser considerado um príncipe aja como um – a voz dela saia suave, mas firme. – Eu tenho dificuldades em tratar as pessoas diferente do que realmente são. Então não se assuste se eu o tratar como um menino assustado.

— A senhora está passando dos limites – Lee sentia dificuldades de controlar a raiva.

— Ainda assim, vou te dar o que veio procurar: Informações. A menina Mel está bem, mas não trabalha mais aqui. Decidiu voltar ao seu país e enfrentar seus problemas de frente. Ela vai precisar de muita ajuda.

— Eu não vim procurar saber disso.

— Claro que veio. Apesar de inventar a desculpa de que quer saber a verdade sobre ela.

Lee abriu a boca para questionar, mas ela interrompeu:

— Não vai acreditar em nada do que Sun-hee ou eu te disser. Não acreditou nem na mulher que ama. Isso só vai mudar quando começar a acreditar em você mesmo.

Nervoso por causa da confusão que as palavras da mulher causavam Lee levantou pronto para partir. Quando passava pela senhora ela segurou seu braço fazendo com que parasse.

— Sente-se e coma. Não aceito desperdícios aqui. Vou sair para que tenha paz. Ou algo parecido.

A mulher o soltou e foi para atrás do balcão.

Lee podia sair e deixar a senhora e sua comida para trás, mas algo dentro dele fez com que sentasse e comesse obedientemente. Só saiu depois de comer e pagar. A senhora Park não disse mais nada.

Como uma facada no peito

Mel já havia preparado tudo para partir, mas poucos dias antes da viagem recebeu uma ligação que encheu seu coração de esperança.

— Alô – Mel disse sem reconhecer o número na tela.

— Ainda estará em Seul neste fim de semana, criança?

— Quem é?

— A pessoa que te ofereceu dinheiro para você desaparecer.

Era a mãe de Lee.

— Olá, senhora.

— Responda minha pergunta.

— É... – respirou fundo. – Estarei sim. Ainda não programei a data do meu voo.

— Ótimo. Te espero em minha casa sábado ás 18:00. Vista-se bem.

— Qual é a ocasião? – perguntou confusa com o convite.

Não havia mais ninguém na linha. Mesmo assim Mel acreditava que a mãe de Lee havia aceitado o relacionamento dos dois e mesmo que estivessem distantes por causa da mentira que ela inventou para entrar na Coreia decidiu comparecer ao evento, seja qual fosse. Talvez fosse a forma que Lee encontrou de dizer que a perdoava. Afinal ele era cheio de surpresas.

No dia combinado vestiu-se com cuidado para não ofender uma das famílias mais famosas da Coreia. Queria a ajuda de Sun-hee para se arrumar, mas decidiu que só contaria para ela sobre a festa no dia seguinte, pois tinha medo que fosse mais uma vingança de Lee. Não queria passar por nenhuma humilhação na frente da amiga.

Parecia tudo bem na festa. Ela entrou e ficou andando entre os convidados. Conhecia alguns, mas não conversou com eles. Não eram do seu círculo de amizades.

A mãe de Lee recebeu Mel como se fosse uma amiga querida e pediu que ela ficasse à vontade. Saiu logo em seguida para receber outras pessoas.

Mel percebeu que havia alguma coisa errada quando viu Lucas entre os convidados na casa. Seu sangue congelou nas veias.

Desconfiada ela procurou por Lee com o olhar, mas apenas encontrou Kwan e o Kim Dong-sun.

— Você veio – Kim Dong-sun aproximou quase correndo. Puxava Kwan pelo braço. – Sabe o motivo dessa festa?

— Estou perdida aqui. A senhora Ahn Young-Soo me convidou, mas não disse do que se tratava. Apesar de desconfiar da bondade repentina decidir vir.

Mal Mel acabou de falar houve um burburinho na sala e os convidados se voltaram para a escada.

Mel seguiu o olhar das pessoas e seu coração parou.

Lee estava descendo de mãos dadas com a mulher que deveria ser sua ex-noiva. Eles pararam nos degraus e a mãe dele e os pais dela foram na direção dos dois.

Ahn Young-Soo pediu a atenção de todos.

As mãos de Mel começaram a tremer e ela segurou o copo com força para não deixar cair. No fundo sabia o que estava acontecendo. Somente não queria, não podia aceitar.

— Amigos e familiares, o motivo dessa reunião é anunciar a data de casamento dos nossos filhos. Será no próximo fim de semana. Não se assustem com a data tão próxima. Como esse noivado já tem alguns anos meu filho e minha nora decidiram que não precisam adiar mais. Uma semana é o bastante para uma cerimônia familiar. Sei que muitos estão pensando em gravidez por causa da pressa – riu para que soubessem que se tratava de uma piada. – Garanto a essas mentes criativas de que daqui a nove meses verão que não foi o motivo. Enfim, agradeço a todos por compartilhar esse momento de orgulho de uma mãe – encerrou o discurso.

Seus olhares na direção de Mel eram cheios de certeza da vitória.

— Queremos dividir com vocês nossa alegria... – o pai da noiva começou a falar, mas Mel não ouvia mais. Estava perdida em sua tristeza.

Como Eun-Kyung nunca falou sobre o fim do noivado seus pais estavam felizes com a chegada do casamento.

Lee não conseguia sorrir. Quando seu olhar encontrou Mel entre os convidados sentiu ímpeto de correr até ela, mas seu ímpeto se tornou raiva quando viu Lucas se aproximando dela.

Revoltado com a ousadia dela de trazer o noivo até sua casa passou o braço ao redor da cintura de Eun--Kyung e desceu as escadas distribuindo sorrisos falsos entre os convidados.

Sequer passou pela sua cabeça que aquilo era uma armadilha de sua mãe em parceria com Lucas.

Mel não viu Lucas se aproximando e quando se virou para fugir da cena do casal feliz, antes que as lágrimas descessem, deu de cara com o peito musculoso dele.

Não conseguiu mais se segurar. As lágrimas desceram acabando com a maquiagem. Levantou a cabeça para encarar Lucas com os olhos repletos de tristeza e raiva.

— Esse não é seu lugar. Vamos voltar para o Brasil – ele segurou um braço de Mel impedindo que ela se afastasse. Usava a tristeza dela para tentar fazê-la duvidar da certeza de que ele era o inimigo.

Kwan percebeu o desconforto dela e foi ao seu socorro. Segurou o braço livre puxando-a, mas Lucas não soltou o outro braço.

— Mel irá comigo – Lucas rosnou. Estava cansado de interrupções. Parecia que todos os homens da Coreia tinham uma queda por ela.

Mel estava em seu limite. Com um safanão fez com que Lucas e Kwan soltassem suas mãos e saiu correndo.

Enquanto ela corria Kwan e Lucas trocaram olhares de ódio e desafio.

No fundo da sala conversando com alguns convidados Lee observou toda a cena dos três, mas desviou o olhar quando, depois que Mel saiu, Kwan o fuzilou com os olhos antes de partir com Kim Dong-sun em seu encalço.

Pouco tempo depois Lucas partiu para o hotel. Sua parte estava feita.

Mais tarde Lee recebeu uma visita inesperada.

— Se veio me cumprimentar por ter marcado a data do meu casamento está um pouco atrasado. A festa acabou.

Era o advogado que leu o testamento.

— Não vim exatamente por esse motivo. Trouxe algo para formalizar o fim do seu período de teste.

Estendeu um envelope em sua direção.

Lee pegou, mas não abriu. Esperou que ele dissesse algo mais sobre o conteúdo do envelope, mas o advogado simplesmente se despediu:

— Boa sorte em sua jornada!

Sozinho Lee sentou no sofá e abriu o envelope. O conteúdo da carta o surpreendeu. Ela dizia:

Amado filho,

Imagino que deva ter ficado surpreso com a exigência no testamento, mas tive meus motivos.

Meu objetivo sempre foi o seu bem. Quando decidi fazer o testamento usei essa cláusula para te afastar um pouco de sua mãe e do nosso mundo. Achei que conhecendo o mundo por outros olhos pudesse se libertar desse sentimento de necessidade de agradá-la. Sei que dói a distância que ela impõe. Essa distância tem um motivo. Não deixe de acreditar que sua mãe te ama. Ela tem seus motivos. Motivos só dela que espero que um dia te conte.

Me perdoe se meu método não foi dos melhores.

Saiba que mesmo distante vou continuar te amando e cuidando de você. Nunca se sinta sozinho. Saiba também que se ficar triste vai me deixar triste. E lembre-se que confio em você. Agora você será o chefe de família para várias pessoas. É muita responsabilidade. É necessário amor. Quero que se jogue no trabalho sem abandonar quem você é, mas me refiro a quem é de verdade não quem finge ser para manter seu coração longe de mágoas.

Não tenho muitos conselhos para te dar, pois todos já disse e você seguiu corretamente. Essa carta é só para dizer que te amo e sempre te amarei. Que você é o melhor filho que um pai pode ter.

P.S.: Se você está lendo essa carta é porque parti antes de te ver completamente feliz. Espero poder ver daqui de cima.

Lee leu a carta duas vezes. Só parou quando viu o papel molhado. Não tinha percebido que estava chorando.

Subiu para o quarto com a carta. Não queria que ninguém o visse nesse estado, principalmente sua mãe.

Você está presa

Mel não aguentou o peso da tristeza. Sua família a traíra e o homem que amava decidiu tirar ela de sua vida antes de entender os motivos para ela ter mentido sobre sua identidade.

Decidida entrou no apartamento e guardou suas coisas na mala. Ligou para Romulo pedindo para que providenciasse sua passagem para voltar para casa no exato dia em que seria o casamento de Lee. Não ficaria no apartamento. Baixou os aplicativos que davam acesso aos seus cartões de crédito e se hospedou em um hotel onde ficaria até a hora da viagem; sem acesso a ninguém do Brasil, de Seul ou de qualquer outro lugar.

Decidiu mandar uma mensagem do aeroporto para seus amigos avisando onde estava depois que partisse. Voltaria depois para agradecê-los por tudo e se despedir corretamente quando tivesse forças para abrir a boca sem chorar.

Dias depois arrastando a mala Mel deixou o hotel para trás.

Era hora de desaparecer com Alison e trazer Mel Bitencourt a ativa novamente. Fugir já não era a opção desejada. Mostraria para sua madrasta e seu filho a força que a filha de Carlos Bitencourt tinha.

Tudo estava indo de acordo com os planos. Enviou as mensagens de despedida e desligou o celular.

Estava tudo bem até o desembarque no Aeroporto Internacional Frankfurt para escala.

Quando Mel puxou a bolsa no compartimento da aeronave percebeu um pequeno pacote dentro do bolso transparente da frente. Estranhando aquele pacote cor de rosa ela analisou se realmente estava com sua bolsa e constatou que sim.

— Com licença – chamou a aeromoça que estava próxima.

A mulher pareceu se assustar com seu chamado, mas respondeu:

— Em que posso ajudá-la?

— Esse pacote que está na minha bolsa não é meu. Alguém deve ter colocado por engano. Como procedo para devolver?

— No local onde os passageiros pegam a bagagem despachada ficam alguns funcionários. Eles são responsáveis por direcionar os achados e perdidos.

— Obrigada! – agradeceu e partiu com o pacote na mão.

Quando chegou no local indicado Mel olhou para todos os lados e na sala de despacho só havia um segurança que impedia as pessoas de entrarem sem autorização.

Ele nada pode fazer por ela. Apenas orientou a procurar um dos funcionários do aeroporto.

Em poucos instantes ela achou um funcionário e o interceptou.

— Com licença – chamou a atenção dele.

— Pois não – respondeu solicito.

— Gostaria da sua ajuda. Encontrei um...

Antes que completasse a frase um cão negro começou a rodeá-la e logo atrás dele um homem uniformizado anunciou:

— A senhorita pode me acompanhar, por favor?

— Sim. Só preciso resolver... – tentou argumentar. Queria se livrar de uma vez daquele pacote.

— Preciso que me acompanhe agora, senhorita – o pedido do oficial era mais uma ameaça.

Um pouco confusa Mel seguiu o homem e o cachorro. Não sem antes sorrir em agradecimento ao funcionário que ia ajudá-la.

Esperava em uma pequena sala no aeroporto até que trouxessem sua bagagem despachada. Haviam avisado que revistariam. Ninguém fazia perguntas ou falava qualquer outra coisa enquanto esperavam.

Enquanto isso Mel pensava porque teve tanto trabalho para encontrar o dono de um pacote estranho que apareceu em sua mala. Depois de tudo que passou, no mínimo deveria ter suspeitado de que era uma armadilha. Devia ter drogas no pacote. Via coisas parecidas acontecerem na televisão. A diferença é que a pessoa que carregava os pacotes nos programas eram culpadas, ela não.

Deve ser os "15 minutos de burrice" que faltava na minha vida – pensou.

No fundo sabia que estava mesmo era mergulhada em tristeza, por isso não questionou em nenhum momento o motivo daquele pacote cor de rosa estar nas suas coisas. Queria fazer algo bom para ter esperança de que seria recompensada com bons momentos.

Quando chegaram com a mala começaram a revistar. Tiraram tudo de dentro e analisaram a estrutura. Pareciam não ter encontrado nada do que procuravam.

— Sabe o que buscamos? – o agente que a levou até ali questionou.

— Se for como nos programas que assisto no National Geographic deve ser por contrabando ou drogas – Mel foi sincera. Apesar de confusa não estava com medo. Não tinha nada a esconder.

— Vamos revistar sua bagagem de mão e em seguida passaremos por uma sala onde faremos um scanner corporal. Se estiver tudo "ok" você poderá seguir viagem – ele parecia não acreditar em nada do que ela dizia.

— Tudo bem! Somente não quero que violem meu corpo.

— Para onde está indo? – ele fez de conta que não ouviu o pedido.

— Voltando para o Brasil.

— O que fazia na Coreia do Sul?

Ele fazia perguntas enquanto vasculhava a mochila dela.

— Eu sou fã de doramas. Queria conhecer Seul.

— O que são doramas?

— São dramas específicos dos asiáticos.

Respondia às perguntas tentando mentir o mínimo possível preocupada com o passaporte falso.

Acabou esquecendo de falar sobre o pacote estranho que guardou na mochila enquanto seguia o oficial.

Quando o homem puxou o fecho e tirou o pacote foi que lembrou de avisar:

— Estava tentando buscar informações sobre esse pacote quando vocês me abordaram.

— Como assim? Esse pacote não é seu? – o mesmo agente questionou. Sua sobrancelha arqueada mostrava que tinha dúvidas.

— Não. Acho que alguém colocou na minha bolsa por engano na aeronave.

— Parece uma história fantasiosa demais.

— É a verdade – Mel já estava ficando irritada com a voz do homem. Queria que outra pessoa fizesse as perguntas.

O homem cortou o pacote expondo uma pasta branca.

Aparentemente satisfeito com a descoberta ele acenou para o colega.

— Essa toalhinha rosa contém um reagente químico – depois de se aproximar o agente mostrou para Mel o objeto em uma pequena bandeja. – Vamos fazer um teste com esse reagente. Se ficar azul é cocaína.

Ficou azul.

— Positivo para cocaína – ele falou olhando de Mel para o outro agente.

Mel ficou pálida. Aquele pacote era realmente uma armadilha.

— A partir desse momento você está presa por porte ilegal de drogas. Tem direito a um advogado e a uma ligação. Aconselho a ligar para um parente avisando que não voltará no programado.

Mel permanecia imóvel e muda. Seus pensamentos eram uma confusão, mas para todo o lado que olhava parecia ter o toque de Lucas e sua mãe. Não havia outra explicação. Viu os agentes pesarem a droga e anunciarem o peso.

— Para quem você vai ligar? – uma agente perguntou tocando o ombro dela. O tempo todo essa agente estava calada observando a revista das coisas dela.

A mulher tinha pena das pessoas que eram levadas a essa vida de "mula[14]", pois sabia que em muitos casos eram pessoas fracas seduzidas pela possibilidade de dinheiro fácil.

— Ninguém. Isso é um mal-entendido que pode ser resolvido se perguntar a aeromoça e ao guarda da sala de despacho.

— Me acompanhe, por favor – a agente falou.

— Vamos falar com eles? - perguntou cheia de esperança.

A agente não respondeu, pediu Mel para colocar as mãos para trás e colocou a algema. Mel caminhou em silêncio entre duas mulheres. O homem que antes a interrogava, depois de anunciar o peso da droga, deixou elas

---

14. **Mula**: nome que se dá a pessoa usada por traficantes para transportar a droga ilegal por fronteiras policiadas, mediante pagamento ou coação.

no comando e foi atrás de outro agente para tentar uma confissão dela.

Na porta por onde entraram estava escrito **Sala de escaneamento corporal**. Lendo isso Mel perdeu as esperanças de que iriam atrás das testemunhas que citou.

Ela passou na máquina e foi liberada após comprovar que não havia nada em seu corpo. Liberada do scanner. Ainda estava presa.

Foi levada a outra sala onde o agente arrogante esperava ao lado de outro que ela ainda não tinha visto.

Isso está virando uma festa! – pensou irritada com a quantidade de pessoas que apareciam, pois nenhuma delas mostrava disposição para confirmar sua inocência.

Pediram para ela sentar em uma cadeira desconfortável.

— Estamos aqui para esclarecer algumas coisas. Você pode se abster dos seus direitos de silêncio e nos contar a verdade, isso vai ajudar a melhorar sua situação. Eu garanto.

Mel permaneceu em silêncio. Fervia de raiva e medo. Raiva de sua ingenuidade. Devia ter jogado aquele pacote no lixo na primeira oportunidade ou deixado na aeronave. Mas não, tinha que tentar achar o dono como uma idiota cheia de boas intenções. O medo que sentia era de ter sido finalmente pega em uma armadilha sem volta. Pensar que poderia ficar presa por algo que não fez era apavorante.

A voz arrogante do agente penetrou seus pensamentos:

— Encontramos pessoas como você todos os dias. As pessoas que te contrataram como "mula" não estão interessadas em seu bem-estar. Vão contratar outros para fazer o trabalho que você não conseguiu. Enquanto isso você vai passar um bom tempo na prisão.

Ela apenas o encarou.

— É a primeira vez que faz isso? – o agente que chegou por último questionou. Era careca, musculoso e tinha uma voz infantil.

— Já disse que esse pacote apareceu na minha bolsa na aeronave e que tentei entregar para que chegasse ao dono. Em nenhum momento pensei que pudesse se tratar de drogas.

— Senhorita, problemas que venha a ter ocorrido durante seu voo deve ser tratado entre seu advogado, a companhia aérea e você. Estamos aqui para tratar da droga. Sobre o fato de que a senhorita cometeu um crime contra a saúde pública.

Mel percebeu que não tinha como escapar da verdade, pois mesmo que não houvesse transportado drogas tinha cometido um crime.

— Eu gostaria de pegar uma coisa na minha bolsa de mão – as palavras saiam baixas. – Vou esclarecer a situação após pegar minha bolsa.

Sentindo que teria uma confissão o oficial pediu para um guarda buscar a bolsa.

Mel enfiou a mão no fundo e puxou do forro da bolsa o passaporte verdadeiro. Ele só não foi descoberto antes porque era bem fino.

— Eu não sou mula de ninguém – estendeu o passaporte na direção do agente negro que estava à sua frente em silêncio. – Meu nome é Mel Bittencourt, esse é meu verdadeiro passaporte. Estou voltando para casa depois de fugir de uma tentativa de assassinato da minha madrasta por causa da herança do meu pai. Não sei o motivo de ter drogas na minha bolsa, mas garanto que isso pode ser resolvido até mesmo seguindo meu caminho desde o avião, pois procurei entregar esse pacote para a aeromoça, o guarda da sala de desembarque e aquele agente que estava conversando comigo quando vocês me abordaram. Se for para me prender que seja pela coisa certa – despejou tudo de uma vez.

Nenhum dos agentes esperava essa revelação.

Houve um silêncio cheio de confusão na sala.

Aquela situação foi a gota d'água para Mel. Desistiu de tudo; herança, amor, liberdade. Percebeu que ao fugir perdeu a chance de lutar e ao lutar para voltar, ainda assim, perdeu para uma armadilha ridícula. Parecia que desde a morte de seu pai tudo estava fadado a se transformar em um poço de tristeza.

— Senhorita, eu não sei onde está metida, mas é hora de usar seu direito a uma ligação e a um advogado, pois vamos ficar muito tempo na aqui e se não esclarecermos essa situação será transferida para uma delegacia.

Sem saída Mel tentou ligar para Romulo, mas não conseguiu falar com ele. O telefone tocava até cair na caixa postal. Não queria prejudicar o amigo.

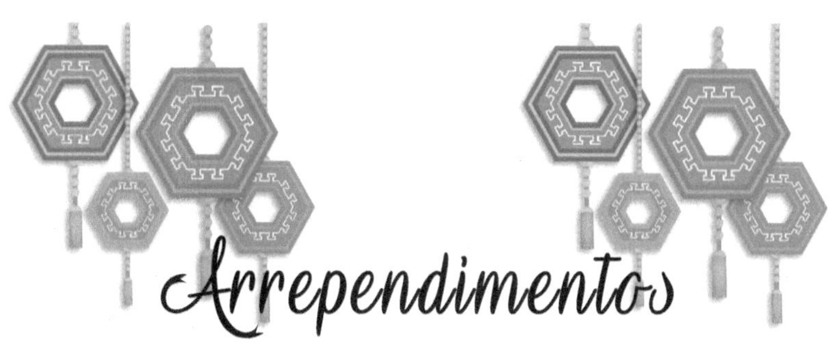

Arrependimento

— Está pronto filho? – Lee viu o reflexo da mãe através do espelho.

— Sim – respondeu seco.

Sentia que estava fazendo a escolha errada. Prometer viver ao lado de uma mulher até que a morte os separe quando só conseguia visualizar a imagem de uma bela e arrogante morena não era ser fiel nem a ela nem aos seus sentimentos. A voz da senhora Park e a palavras da carta de seu pai martelavam em sua cabeça.

Se perguntava se estava fazendo a escolha certa. Mais uma vez escolheu fazer a vontade de sua mãe para mascarar uma mágoa.

Por que ela tinha que ser uma mentirosa? Por que depois de todo tempo juntos convivendo sob o mesmo teto não conseguiu dizer a verdade? E por que diabos não consigo parar de pensar nela? – se questionava mentalmente.

Deu as costas para a imagem do amargo noivo no espelho e saiu seguido por sua mãe.

Por mais que não quisesse desfazer a imagem que criou, de mulher prática e dura, Ahn Young-Soo não conseguia manter as lágrimas dentro dos olhos. Sentia como se estivesse levando o filho para um sacrifício assim como quando foi obrigada a casar com o pai dele. As lembranças faziam com que ela repensasse tudo que nunca teve com o filho. Teve certeza de que ele guardaria mágoas para sempre.

Sabia que ele a odiaria por causa de um casamento sem amor e estava dividida entre o dever de manter o império e o dever de agir como mãe.

Lee sabia que aquele casamento afastaria seus verdadeiros amigos. Nenhum deles estava presente. Nem mesmo seu irmão. Apenas pessoas interesseiras.

Sentiu ânsia de vômito.

Quase cegamente seguiu andando como se fosse literalmente para a morte.

Inicialmente tirariam algumas fotos então entraram em um pequeno aposento onde Eun-Kyung esperava vestida de noiva.

Não conseguiu sorrir nas fotos que eram tiradas e mal sentia o que acontecia ao seu redor.

Ahn Young-Soo pela primeira vez via a sombra que cobria o brilho no olhar dele. Sombra que ela colocou. Ele estava prestes a iniciar um casamento talvez pior que o seu. Arrasada por ter mais uma vez magoado o filho ela decidiu agir como a mãe que ele merecia pelo menos uma vez.

Antes que pudesse agir seu celular tocou na bolsa e ela atendeu ao ver o número na tela. Ouviu durante alguns instantes e encerrou dizendo:

— Continue a seguir os passos dela. Vou transferir seu pagamento.

Depois da ligação teve mais certeza de que precisava colocar um fim a todos os erros que ainda pretendia cometer.

— Saia – ordenou ao fotografo.

Mesmo confuso o homem saiu.

Virando-se para Eun-Kyung pediu com voz baixa:

— Pode me esperar no meu quarto, por favor?

A voz estava baixa não por respeito ou medo, e sim por vergonha.

— Sim senhora.

Eun-Kyung saiu deixando Lee e sua mãe sozinhos.

Lee permanecia sentado no imenso sofá onde fazia as poses necessárias. Não olhou para sua mãe até o momento em que ela disse:

— Não haverá mais casamento.

O olhar dele era cheio de confusão.

— Eu disse exatamente o que ouviu. Depois conversaremos sobre meus motivos para ser uma péssima mãe. No momento só quero começar a mudar isso, então não vou te obrigar a ficar com uma mulher que não ama.

— Eu escolhi isso – Lee falou tentando convencer a si mesmo.

— Não seja inocente. Não escolheu nada. Está casando por magoa por aquela garota ter escondido quem era e, principalmente, porque eu me aproveitei da sua raiva para insistir nesse casamento.

— Não fale sobre essa garota – levantou incomodado.

— Eu contratei pessoas para segui-la ciente de que você talvez quisesse saber seu destino – fingiu não ouvir seu pedido.

— Quer me dizer alguma coisa, mãe?

— Um dos meus detetives acaba de me ligar dizendo que ela foi presa por porte de drogas no Aeroporto Internacional Frankfurt.

— O que? – como mágica a mágoa que Lee sentia por Mel se transformou em uma enorme vontade de protegê-la. E ele desistiu de tentar se enganar. A amava.

— Ele não me deu maiores detalhes – olhava a expressão de terror no rosto do filho quando ele começou a sair apressado.

— Aonde você vai?

Lee já estava na porta.

— Adivinha?

Saiu correndo em direção ao local onde estava estacionado a sua moto. Enquanto corria ligou para Kwan e pediu para colocar Kim Dong-sun em conferência.

Parado ao lado da moto explicou a situação para os amigos. Pediu que eles providenciassem um jatinho, chamassem o melhor advogado e esperassem no aeroporto.

Mesmo acreditando que seria em vão, passou no apartamento onde morou com Mel para confirmar se ela realmente partiu. Estava vazio à espera dos novos proprietários. Tudo que viveu naquele pequeno espaço passou como um filme em sua cabeça enquanto andava pelos cômodos vazios.

Lembrou de quando cuidou dela na primeira noite em que descobriram que morariam juntos, do sorriso dela diante da possibilidade de terem casacos de casais, do medo que sentiu de perdê-la no beco, dos beijos, das conversas.

Sem demora deixou o local. Precisava tê-la ao seu lado novamente.

Conversas decisivas

No aeroporto Lee e Kwan conversavam de forma nada amistosa:

— Por que está fazendo isso? Foi você quem decidiu escolher magoá-la sem ouvir os motivos que ela teve para mentir – Kwan o acusou.

— Você sabia o segredo dela?

— Não, mas sempre desconfiei que ela escondia algo. Que precisava de ajuda. Mas ela recusou minha ajuda assim como rejeitou meu amor.

Lee tentou imaginar por que Kwan sabia mais dela do que ele e a verdade o atingiu como um soco no estômago. Recordou todos os momentos juntos e percebeu que, mesmo sabendo que ela estava sozinha em um país distante do seu, nunca questionou porque ela estava ali. Estava tão feliz com a sensação de estar apaixonado que negligenciou a pessoa que amava. Deveria ter perguntado mais sobre ela. Deveria ter dado espaço para ela se abrir.

— O que sente realmente? – Kwan o tirou de seus pensamentos torturantes.

Lee encarou o amigo. Não era burro. Sabia que Kwan ainda sentia mais que amizade pela mulher que ele amava, mas estava disposto a lutar por ela. Não permitiria mais mentiras ou desenganos entre eles.

Corria o risco de perder a luta se continuasse agindo como idiota e colocando coisas banais antes do seu amor.

Decidiu ser sincero:

— Me sinto uma fera quando estou com ela. Posso devorá-la apenas com um beijo. Posso degolar qualquer um que ousar tocá-la – lembrou a forma como se conheceram e de como ela o chamou. – Sou o monstro, não o príncipe.

— Pois está na hora de ser o príncipe. Independente do motivo pelo qual a Morena entrou em nossas vidas eu só a vi chorar por sua causa. Se você realmente a ama deveria ser o motivo de seu sorriso, não de suas lágrimas.

— Eu a amo. A amo mais que a mim – ouvir o amigo dizer que sua amada sofria e chorava por causa dele causava uma dor insuportável.

— Prove.

Lee não sabia colocar em palavras como se sentia. Kwan finalizou a conversa ao perceber a aproximação de Kim Dong-sun com o advogado que embarcaria com eles:

— Você e Kim Dong-sun são meus melhores amigos e respeito o que Mel sente por você, mas deixarei algo muito claro: se eu sequer ficar sabendo que ela chorou por sua causa novamente serei seu pior inimigo e lutarei pelo amor dela – a voz dele era pura ameaça. – Ninguém tem o direito de fazer aquele anjo sofrer.

— Não se preocupe. Prometo que a partir de hoje matarei quem ousar machucá-la mesmo que essa pessoa seja eu.

Foi nesse momento que Kwan soube que Mel estava em boas mãos. Lee havia amadurecido com os últimos acontecimentos.

Momentos antes, bem longe do aeroporto, Eun-Kyung ouvia a única coisa que uma noiva não gostaria no dia do seu casamento. Ainda estava no quarto da futura sogra aguardando ser chamada para tirar as fotos antes da cerimônia.

— Queria dizer que sinto muito, mas não sou tão sensível. E no fundo você deveria saber que meu filho não te ama – Ahn Young-Soo falou sem rodeios.

Eun-Kyung virou-se do espelho onde se mirava e encarou a mulher na sua frente.

— Não vai mais haver casamento – ela completou antes que Eun-Kyung falasse algo.

Os olhos dela arregalaram. Não conseguia articular as palavras. Estava apavorada com o que a esperava; fofocas, vergonha, desprezo.

— Foi um erro seu e meu não ter acabado com isso antes.

— O tempo todo a senhora me usou como um peão?!

— Você quis ser usada. Você implorou para ser usada nas várias vezes em que me procurou chorando como uma tola por um casamento com um homem que deixou claro que não te amava.

— Se pensava assim porque me incentivou? Por que não me disse para desistir?

— Simplesmente porque naquele momento desejava esse casamento, mas não desejo mais.

— Isso é porque descobriu que ela tem dinheiro, não é? Só não a queria antes porque achava que era uma pobretona.

— Vamos acabar com essa conversa. Não irá levar a lugar nenhum. O casamento acabou. Ponto final.

Dito isso saiu do quarto deixando a garota em prantos. Não tinha pena dela. Seus sentimentos eram reservados para as pessoas da sua família.

Eun-Kyung caiu na cama e por horas ficou ali chorando. Não se importou que aquela era a cama da mulher que mais odiava naquele momento, não se importou com os convidados do casamento que deviam ser dispensados, não se importou com nada.

Enquanto ela estava chorando Ahn Young-Soo dispensou os convidados e avisou aos pais dela que dessem um tempo antes de falar com ela. Eles pensaram que era para ela ter um tempo sozinha, mas na verdade a intenção era só deixar ela sair do quarto quando não houvesse nenhum convidado para evitar aumentar o escândalo.

Bem mais tarde naquele dia os pais de Eun-Kyung partiram da mansão para nunca mais voltar e levaram uma filha devastada.

Salva por um príncipe

Lee andava de um lado para o outro na delegacia. Não conseguia acreditar que Mel estivesse presa.

Por que ninguém da família dela interviu? – Começava a ter certeza do que já desconfiava. Eles realmente queriam se livrar dela.

— Lee Kang Dae?

Um homem vestindo um uniforme que demonstrava fazer parte dos funcionários antidrogas entrou na sala com uma prancheta na mão.

— Sim – Lee não estendeu a mão na direção do homem. Só conseguia imaginar como eles trataram Mel.

— Sente-se e vamos conversar sobre a situação da sua namorada.

O advogado colocou a mão no ombro de Lee tentando acalmá-lo, mas o efeito foi o contrário. Ignorando a vontade de bater no policial Lee sentou na cadeira. O advogado sentou ao lado.

— Vou explicar a situação – o policial continuou. – A senhorita Mel Bittencourt, foi abordada por portar drogas na bagagem de mão, mas foi presa para investigação por confessar portar um passaporte falso. Ela está dificultando porque não confessa o nome do cúmplice ou dos cúmplices.

— Eu posso vê-la? – Lee ignorou completamente tudo que o policial falou. As palavras do policial não faziam muito sentido para ele.

— Me acompanhem.

Lee estava ciente de que a forma como era tratado se devia ao fato de sua fama ter alcançado o mundo. Sabia que se fosse um assalariado comum tudo seria diferente. Agradeceu por tudo que tinha.

Precisava ser forte, mas quase desabou quando viu Mel. Ela estava com o cabelo preso em um rabo de cavalo, vestida com uma roupa simples e com os olhos vermelhos.

Ela o olhou surpresa. Em seu íntimo esperava a visita da madrasta para ajudar ou para rir da sua cara. Jamais esperou que Lee aparecesse mesmo que pensasse nele a todo momento.

— Você está bem? – Lee quebrou o silêncio.

— Apenas fisicamente – Mel foi sincera. – O que faz aqui?

Ignorando sua pergunta ele falou:

— Esse é o melhor advogado do mundo. Conte o que aconteceu para ele.

— Agradeço, mas já contatei um dos meus advogados. Ele logo estará aqui.

— Eu já estou aqui. Não tem necessidade de esperar mais. Apenas conte a ele o que aconteceu.

Sentaram-se e Mel contou toda a história. Mesmo que não soubesse a situação de Lee ali tinha consciência de que precisava de ajuda para resolver de uma vez por todas suas pendências com sua madrasta.

— Quem fez esse passaporte para você? – o advogado questionou.

— Se não quiser ouvir mentiras sugiro que não pergunte isso – jamais entregaria a pessoa que mais a ajudou.

— Eles vão insistir em saber disso. É praticamente o principal motivo para você estar aqui.

— Se eles podem me manter aqui por não dizer quem foi já vou começar a decorar minha cela – Mel jamais colocaria seu amigo em perigo por ter ajudado a fugir de seus algozes.

— Não diga bobagens – Lee se interpôs.

Ela apenas o olhou.

— Compreendo. De qualquer forma é um caso simples. No máximo amanhã você estará livre – o advogado continuou para evitar uma discussão entre eles. – Continue com a versão de que fez tudo pela internet, que um entregador levou até você os documentos e que não lembra mais nenhum contato ou o nome da pessoa que fez o passaporte. Cuidarei do resto.

— Obrigada!

— Pode fazer uma ligação por mim? – Mel voltou-se para Lee.

Ele apenas acenou afirmativamente.

Mel pegou a caneta do advogado e escreveu o telefone na mão de Lee. Usou o código que havia ensinado a ele e ao seu irmão. E explicou o que deveria dizer ao dono do telefone.

Depois que saiu da pequena sala ele pegou o celular e fez a ligação.

— Alô – uma voz masculina sonolenta respondeu ao segundo toque.

— Não sei quem é você, mas tenho um recado da Mel.

— Pode dizer – Romulo havia acabado de receber uma ligação sobre o passaporte falso dela e como tinha acabado de acordar decidiu dizer que ligaria mais tarde para prosseguir com a investigação. Quando estava sonolento não podia conversar muito ou falava coisas que não devia.

Lee continuou:

— Ela pediu para que não interfira. Não é para você apresentar o culpado. Se você apresentar o culpado vai complicar a situação dela. Ela já está sendo representada pelo melhor advogado do planeta e saíra rapidamente da cadeia.

— Agradeço por me avisar.

Os dois desligaram ao mesmo tempo sem interesse em prolongar a conversa. Já haviam dito e escutado o necessário.

Romulo não sabia nada sobre a pessoa do outro lado da linha. Lee estava no mesmo barco.

Sem muita burocracia Lee e o advogado conseguiram liberar Mel após pagamento de uma fiança. Dinheiro tem esse poder.

Partiram com destino ao Brasil onde enfrentariam a família Castilho.

Retorno

Mel tremia por dentro quando entrou na casa onde cresceu, mas jamais deixaria que sua madrasta percebesse.

Passou pela porta seguida por Lee, Kwan e Kim Dong-sun. O advogado havia voltado para Seul.

Jocasta que estava sentada confortavelmente na sala de estar com Lucas, que havia voltado para o Brasil dias antes dela, e outros convidados que Mel não conhecia no que parecia ser uma pequena reunião, levantou assustada. Parecia ter visto um fantasma.

— Você disse que eu poderia voltar com meus seguranças – Mel falou com voz firme diretamente para Lucas. – Esses são meus seguranças e convidados especiais.

Jocasta ficou pálida e muda.

— Bem-vinda de volta ao lar – Lucas se apressou a dizer quando percebeu que a mãe estava sem condições e as visitas olhavam de um para o outro querendo entender a situação.

Mel sorriu. Era um sorriso de aviso. Não se deixaria intimidar e colocaria aquelas pessoas falsas para fora da sua vida.

— Herick, por favor providencie três quartos de hospedes no meu andar. Vamos aguardar no meu quarto, pode bater lá quando estiver tudo pronto.

— Pois não senhorita.

— Boa tarde! Aproveitem a reunião – falou olhando os convidados sem realmente vê-los.

Sem mais, seguiu escada acima seguida pelos três coreanos. Eles não falaram em nenhum momento desde que entraram na mansão dos Bittencourt e não entenderam nada do que Mel discutia com aquelas pessoas, mas mantiverem as expressões de cães raivosos que eram suficientes para mostrar porque estavam ali.

Mel abriu a porta do quarto e deixou, um por um, os rapazes entrarem. Por fim fechou a porta e escorou nela.

— Acha prudente dormir sozinha? – Kwan questionou expondo uma preocupação que todos tinham.

— Não gostei nem um pouco da face daquela mulher. Ela me lembra as madrastas más dos contos de fadas – Kim Dong-sun completou. Apesar da comparação não havia tom de brincadeira.

— Estamos no mesmo andar e minha porta é bem resistente. Além do mais não acho que eles queiram matar-me. Eles querem que eu sofra um "acidente".

— Bastardos – Lee rosnou.

— Estamos aqui para te proteger, mas não vamos ficar o tempo todo com o pensamento em coisas ruins – Kim Dong-sun declarou.

— Está completamente certo. Depois de descansarmos vamos fazer um passeio. Vocês precisam experimentar a culinária e as bebidas do meu país. Kwan já conhece algumas coisas, eu sei – Mel começava a acreditar que sua vida não seria mais de fuga e sim de felicidade.

E conseguiu rir quando Kim Dong-sun comentou:

— Isso não parece um quarto de menina. Onde estão os pôsteres de artistas, as bonecas e pelúcias?

Comecei a gostar de pelúcias tem pouco tempo – pensou recordando todas que deixou com Sun-hee em Seul.

Achava seu quarto feminino. Apenas não tinha nada cor de rosa. A decoração ficava por conta da pintura do imenso quadro que continha a imagem da Torre de Namsan no inverno; o quadro cobria quase que uma parede inteira.

A cama redonda branca, o sofá preto com almofadas, a penteadeira e o abajur foram comprados depois que viu em um dorama. Olhando para cama imaginou a imensa coruja que Lee tinha comprado jogada ali, mas afastou a lembrança e começou a contar a história por trás de cada detalhe das coisas que possuía no quarto envolvendo todos na conversa e esquecendo por alguns instantes os problemas fora daquele aposento.

— Podemos conversar um pouco? – Lee pediu depois que ela terminou de falar sobre o quarto.

— Vamos sair – Kwan percebeu a deixa e arrastou Kim Dong-sun porta a fora. – Vamos para nossos quartos.

Depois que eles saíram Lee e Mel sentaram-se na cadeira de balanço na varanda do quarto.

— Por que você foi me procurar quando deveria estar se casando? – ela perguntou quebrando o silêncio.

— Simplesmente por ainda sou obcecado por você.

Não era essa a resposta que Mel esperava. Irritada se levantou disposta a voltar para o quarto, mas Lee segurou seu braço impedindo que partisse.

— Me solta – ordenou com raiva. Seu coração batia descompassado.

Lee a prendeu contra a porta usando seu corpo como escudo para ela não fugir.

— Mesmo que diga que não deseja eu sinto sua respiração falhar – a mantinha encurralada. – Com raiva você fica linda também.

Quando percebeu que ele pretendia beijá-la Mel tentou virar o rosto, mas ele insistiu até que conseguiu colar os lábios aos seus. Durante eternos instantes mataram a saudade que tinham de se beijarem.

Ainda ofegante e com a testa colada a dele Mel insistiu:

— Me diga. Eu não quero mais duas versões de você. Não quero ter medo de que na próxima esquina eu possa errar e você me abandonar – queria saber o real motivo pelo qual ele abandonou o casamento. Estava feliz por ele estar ao seu lado, mas sentia o peso dos dias que ficou longe dele esmagar seu peito.

— Eu te amo, minha morena – era sua única certeza naquele momento.

— Sinto muito ter mentido – Mel viu tanta sinceridade no olhar do homem a sua frente que decidiu jogar o medo para bem longe.

— E eu sinto muito ter sido um babaca desde que nos conhecemos. Talvez se eu tivesse sido alguém melhor você confiasse mais em mim.

— Você só é perigoso para mim. Porque parece que mesmo quando me magoa não consigo te odiar. Isso é mesmo amor? Me parece algo destrutivo – suas palavras mostravam que Mel estava completamente entregue aos sentimentos.

Por um momento Lee temeu que o amor deles fosse realmente destrutivo, ou que não fosse realmente amor. Uma vez ele acusou Eun-Kyung de ser obcecada por ele quando ela disse que o amava. Olhando para trás ele percebeu que fora obcecado por Mel desde o primeiro momento.

— O amor é o que tem de mais poderoso tanto para o bem quanto para o mal. Assim como eu sou seu bem e seu mal você também é a única capaz de me fazer bem e mal. Vamos simplesmente esquecer o passado. Não importa nossas mentiras, nossos atos mesquinhos, não importa nada. Vamos começar nosso relacionamento daqui.

Como ela não disse nada ele começou:

— Muito prazer, meu nome é Lee Kang Dae, serei o responsável por cuidar de você a partir de hoje.

— É um prazer. Meu nome é Mel. Posso chamá-lo de Lee?

Ambos riram. Estavam começando uma nova fase. A fase da confiança.

Mel descobriu que os asiáticos estavam na moda quando, mais tarde naquele dia, foram ao shopping comprar roupas para os amigos que saíram de Seul sem malas.

Diferente de quando tiraram fotos com a banda de Kwan no Rio de Janeiro muito mais garotas arriscaram ir até eles pedir autógrafos e tirar fotos com ele. Kwan até ganhou alguns ursinhos de pelúcia.

Apesar do tumulto o passeio estava sendo muito divertido para todos.

Lee estava parado olhando uma vitrine e Mel não resistiu à tentação de reproduzir uma das coisas que mais gostava nos doramas. Chegou, devagar e silenciosamente, por trás e passou os braços ao redor da sua cintura. Encostou a cabeça nas costas dele e permaneceu em silêncio só curtindo a gostosa sensação. Para ela era como se o lugar estivesse vazio. Por alguns instantes fechou os olhos.

Lee também não disse nada. Apenas cobriu as mãos dela com as suas.

Ficariam assim por muito mais tempo se não fosse a irritante voz de Kim Dong-sun que penetrou o mundo particular deles.

— Essa foto ficou ótima. Agora quero um sorriso para a próxima.

Lee puxou o braço de Mel invertendo o abraço. Agora ele a abraçava por trás e fuzilava o amigo com o olhar.

— Calminha príncipe senão não deixo que veja a foto do casal do ano.

Mel estendeu a mão pedindo para ver a foto. E ele se aproximou cautelosamente para não atiçar a fúria do amigo. Mas jogou a cautela para o ar quando viu o belo sorriso que a foto provocou em sua nova amiga.

Na imagem Mel viu um símbolo de um amor verdadeiro. Viu os olhos de Lee também fechados e a sua expressão suave.

Não precisavam dizer mais nada.

Descansados no dia seguinte Mel e seus amigos desceram para o café da manhã e encontraram Jocasta, Lucas e Vanessa à mesa.

Assim que viu a amiga Vanessa levantou e correu na direção dela para abraçá-la, mas Lee se colocou entre elas.

Com uma enorme interrogação na expressão Vanessa parou antes de esbarrar nele.

Mesmo sem ter certeza da inocência da amiga Mel não conseguiu evitar de ficar feliz em vê-la e desejar abraçá-la.

Tocou o ombro de Lee pedindo que se afastasse. Insatisfeito ele se afastou e elas consumaram o abraço.

— Quando chegou? – Vanessa a segurou pelos ombros e continuou falando olhando seu rosto. – Se tivesse avisado que estava voltando e trazendo alguns doramas na bagagem eu teria preparado uma festa.

— Cheguei ontem. Não soube? – pegou a mão dela e a puxou em direção a mesa.

— Sentem-se – disse aos seus amigos e começou a falar em inglês para que todos entendessem.

Vanessa entendeu que os homens orientais não falavam português então imitou a amiga e continuou a conversa em inglês:

— Culpa minha. Quase não paro em casa. Principalmente depois que partiu. Aqui ficou tudo muito monótono, devia ter me levado contigo.

— Até parece que você faltaria sequer um dia de curso para viver uma aventura.

— Me conhece tão bem – riu.

— Ah! Que cabeça a minha – Mel bateu na cabeça teatralmente. – Deixe-me apresentá-la aos meus amigos Kwan e Kim Dong-sun e ao meu namorado Lee Kang Dae. Garotos essa é minha irmã Vanessa.

— É um prazer conhecê-la – coincidentemente falaram ao mesmo tempo.

— O prazer é meu. Pena que não vou ter tempo de conversar com vocês agora. Tenho que engolir meu café da manhã e correr para a universidade. Espero que estejam aqui a noite para que eu possa curtir seus belos convidados – ela já estava de pé pegando uma maça e correndo para o sofá onde deixou suas coisas.

Os garotos curtiram a ocidental apressada.

Continuaram tomando o café brasileiro em silêncio até que Mel decidiu falar olhando diretamente para Jocasta:

— Marcarei uma reunião com os advogados da empresa para decidir sobre a herança do meu pai e a presidência o mais breve possível.

Não precisava avisá-los, mas quis muito deixá-los com medo de serem expulsos da casa.

Essa declaração foi o suficiente para fazer com que mãe e filho perdessem a fome. Os dois levantaram da mesa sem nada dizer e se trancaram na biblioteca.

Os quatro permaneceram à mesa tomando o café da manhã e forçando uma tranquilidade que não sentiam.

— Mel, você tem outros familiares? Pessoas em que confia?

— Tenho outros familiares. Não tenho outras pessoas em que eu confie. Papai cresceu em um orfanato, nunca foi adotado. Mamãe foi abandonada pela família quando começou a namorar meu pai.

Eles não falaram nada e ela continuou:

— Eles começaram a namorar quando eram muito jovens. Meu pai ainda não era rico. Mamãe tentou várias vezes convencê-los a aceitar o relacionamento. Mas eles só tentaram contato depois que ele começou a ser mencionado em jornais. Depois que estava à frente da empresa.

— Como seu pai chegou ao topo? – Lee perguntou disposto a conhecer um pouco mais sobre os pais da mulher que amava.

— Ele trabalhava nessa empresa desde que saiu do ensino médio. Começou por baixo e foi crescendo. Sempre foi dedicado e inteligente. Acabou se tornando o braço direito do acionista majoritário. Era como um filho para ele. Quando ele morreu deixou suas ações para o meu pai e ele fez com que a empresa crescesse a nível internacional.

— Gostaria de ter conhecido seu pai pessoalmente.

— Você iria se dar bem com ele. Certamente encontrariam muitas coisas em comum. É uma pena que eu o tenha perdido – a voz dela começou a ficar embargada e os olhos se encheram de lágrimas.

— Tem muito tempo que ele se foi?

— É recente. Foi em fevereiro desse ano. Pouco antes de eu fugir para Seul. Ele teve um infarto.

Eles se encararam intrigados.

— Foi no mesmo mês em que perdi meu pai.

Lee não resistiu ao impulso de se levantar e abraçá-la. Por Mel esconder sua identidade nunca tiveram chance de discutir suas perdas e ele nunca soube que ela passava pelo mesmo sofrimento de perder o pai. Pior ainda, ela já não tinha uma mãe na qual apoiar e por mais que a sua não fosse a melhor mãe do mundo ainda estava disponível para quando ele quisesse vê-la. A de Mel partiu assim como o pai para nunca mais.

Apertou-a nos braços para deixar claro que estaria lá por ela sempre que ela precisasse.

Mel continuou falando com ele abraçando seus ombros, apesar da cadeira atrapalhar:

— Na minha adolescência procurei por meus avós e meus tios. Foi decepcionante. Com o tempo acabei percebendo que eles estavam tirando dinheiro do meu pai através de mim. Sempre reclamavam de alguma dificuldade e eu burra fornecia tudo que eles queriam. Até que cai na real e parei de dar dinheiro. Foi o bastante para minhas visitas não serem mais tão comemoradas. Como tinha Jocasta e meus quase irmãos não sofri muito com a decepção.

— É melhor você parar de falar. Não sei se consigo parar de desejar causar muita dor a essas pessoas miseráveis que te cercam.

— Estamos aqui por você, Morena – Kwan se pronunciou.

— Vamos parar de falar de coisas tristes. Apesar de tudo eu tenho excelentes amigos. E se não houvesse acontecido o que aconteceu talvez eu nem houvesse conhecido vocês.

— Tudo tem um lado bom. Essa sua amiga Vanessa parece ser boa pessoa – Kim Dong-sun disse pensativo.

— Tenho que admitir que sim – Kwan confessou.

— Eu não admito nada. Teria te conhecido de qualquer forma. Você é minha! Sempre foi – Lee a apertou mais forte.

— Arg. Podem parar de ser tão casal perfeito – Kim Dong-sun reclamou. Depois pegou uma banana e se concentrou em descascar.

— Não – Lee e Mel responderam ao mesmo tempo.

Todos caíram na gargalhada. Apesar de tudo tinham muito pelo que agradecer.

No dia seguinte Mel acordou antes das oito da manhã, mas permaneceu na cama. Pretendia ficar mais alguns minutos deitada e esperar os rapazes acordarem. O som do celular tocando chamou sua atenção. Era o toque de mensagem de texto.

Leu a mensagem várias vezes com dúvida de que realmente estava lendo certo e conferiu o número de telefone para ter certeza que realmente vinha do celular de Vanessa.

Na mensagem dizia: "Descobri uma coisa horrível sobre minha mãe e meu irmão. Pode vir conversar comigo em nosso antigo colégio? Não consigo voltar para casa."

Precisava avisar Lee para que fossem juntos. Correu para o quarto dele, mas parecia vazio. Viu a roupa em cima da cama e soube que ele estava no banho.

Ansiosa Mel olhava do telefone para a porta do banheiro. Até que decidiu deixar um bilhete sobre a cama dizendo que iria se encontrar com Vanessa.

Entrou em seu Lamborghini Veneno e partiu para o antigo colégio.

No banheiro Lee aproveitava a água morna e os sais na banheira crente de que Mel estava dormindo no quarto ao lado.

O primeiro amor é o vilão

Vanessa revirou o quarto inteiro procurando o celular. Precisava avisar seu grupo de leitura que não participaria nos próximos dias para passar um tempo com a amiga e compensar um pouco o tempo em que estiveram distantes.

Lembrava que o tinha deixado na mesinha de cabeceira antes de dormir.

Não gostava de incomodar Herick. Queria encontrar por conta própria. Continuou procurando até que desistiu e foi pedir ajuda ao mordomo.

O encontrou na cozinha:

— Herick, bom dia!

— Bom dia, senhorita Vanessa! Deseja que seja servido seu café da manhã?

— Não Herick, gostaria de saber se você viu onde coloquei meu celular.

Como era uma pessoa extremamente sincera respondeu sem rodeios:

— Antes das seis da manhã vi seu irmão sair do seu quarto com o seu celular.

Uma interrogação se fez presente na expressão dela, mas simplesmente disse:

— Obrigada Herick! Vou procurar meu irmão e meu celular.

— Disponha senhorita.

Desconfiada de que alguma coisa estava errada ela subiu ao quarto pegou o notebook e acessou o aplicativo que Romulo criou para ela acessar seu celular de lá. Era um aplicativo maravilhoso, pois muitas vezes enquanto estudava podia usar algumas funções do celular sem tirá-lo da bolsa e, principalmente, sem parecer que estava com a atenção longe da aula. Ler as mensagens de texto era uma das funções disponíveis.

Quando conectou ela ficou desnorteada com a mensagem enviada do seu celular para Mel. Correu até o quarto dela e quando o encontrou vazio sentiu como se recebesse um soco no estômago. Correu para pegar o carro e ir até o endereço informado na mensagem.

Sentia que alguma coisa estava errada desde que ela sumiu por meses, e iria descobrir de uma vez por todas o que estava acontecendo.

Lee saiu do banheiro quando a água começava a esfriar. Se vestiu devagar e ia seguir para o quarto de Mel para confirmar se ela ainda dormia quando viu o pedaço de papel no chão. O bilhete caiu quando puxou a camisa.

Ao ler o bilhete seu sangue gelou. Uma voz sussurrava em sua cabeça que sua amada estava em perigo.

Correu até o quarto de Mel. Estava vazio. Invadiu os quartos dos amigos, mas também estavam vazios. Enquanto descia as escadas, para tentar encontrar informações sobre o paradeiro de Mel, lembrou que seus amigos pretendiam sair cedo para conhecer um pouco da cidade.

Encontrou o mordomo e agradeceu aos céus por descobrir que ele falava, razoavelmente bem, inglês.

— Por favor, sabe me dizer onde estão a senhorita Mel e a senhorita Vanessa?

— A senhorita Mel saiu tem uns trinta minutos. A senhorita Vanessa saiu tem dez minutos. Ambas pareciam preocupadas.

Lee agradeceu e correu para a rua onde pegou o primeiro táxi que apareceu. Sabia onde deveria ir. No bilhete dizia: Colégio Monsenhor Gustavo.

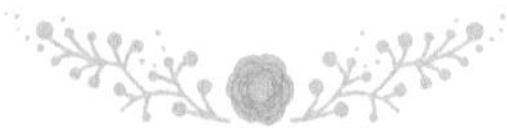

Durante todos os anos que estudaram nesse colégio tinham acesso a ele qualquer dia da semana, pois o responsável pela segurança era um amigo de Jocasta que tinha um carinho especial por Vanessa e Lucas. Muitas vezes deixava até as chaves com os dois (um segredo que ficava entre eles).

Vanessa e Mel costumavam ficar muito tempo depois das aulas lendo na biblioteca. Era algo que amavam fazer e, mesmo que fosse impossível, tinham a meta de ler todos os livros que haviam ali antes de se formarem.

Claro que não conseguiram bater essa meta. Haviam milhares de livros.

Mesmo formados, muitas vezes, visitavam o local fora do horário de aulas. O colégio era o refúgio deles, o esconderijo secreto. Se Vanessa tinha algo importante para revelar certamente ali seria o lugar ideal.

O que elas não sabiam é que Lucas havia feito copias das chaves durante a viagem de Mel para Seul.

Quando Mel chegou no colégio mandou uma mensagem para Vanessa avisando que havia chegado e questionando onde deveriam se encontrar.

Não houve respostas.

Depois de procurar na biblioteca e em alguns outros lugares decidiu ir até as piscinas.

Não foi Vanessa quem encontrou. Perto das piscinas estavam Lucas e dois homens estranhos.

Ela ia dar meia volta e fugir, mas foi vista.

— Não tente escapar. Estou apontando uma arma para sua cabeça.

Mel virou a cabeça e se deparou com a arma apontada em sua direção.

— Venha aqui, irmãzinha.

Sem escolha ela caminhou lentamente até ele. Até bem perto da imensa piscina. Tentou mostrar superioridade, mas estava com medo demais para evitar que sua mão tremesse.

Quando ela chegou perto o bastante ele estendeu alguns papéis em frente ao seu rosto.

— Esses são os papéis do nosso casamento. Basta que assine e seremos o senhor e senhora Bittencourt Castilho.

— Você só pode estar louco! Olhe ao seu redor. Isso não é uma cerimônia de casamento e sim uma ameaça.

Lucas parecia ter perdido a razão.

Ele tentou segurar ela pelo pescoço, mas Mel repeliu seu toque bruscamente.

Mas com a arma tocando o seu pescoço Mel não teve escolha, a não ser aceitar a mão de Lucas descer lentamente do seu rosto para o seu queixo e do seu queixo para o seu pescoço.

Ele o apertou enquanto falava:

— Você assina ou ligo para o seu Bruce Lee vir até aqui. Tenho certeza que ele vai querer bancar o herói, e tenho mais certeza ainda de que ele não é a prova de balas. Se ele não tivesse intrometido em meus planos no aeroporto, eu é que te libertaria e você voltaria a confiar em mim. Nada disso aqui seria necessário – falava com plena certeza de que Lee era o culpado por tudo que saia errado.

— Como sua cabeça doentia funciona? Eu nunca confiaria em você.

A mente de Mel somava suas opções. Ela sabia muito bem porque estava sendo acuada na beira da mais funda piscina do colégio onde se formou no ensino fundamental. Porque ela não sabia nadar. Porque Lucas pretendia usar suas duas fraquezas: a água e Lee.

— Assim que eu assinar você vai me afogar – sua voz tremia.

— Não exatamente.

Os olhos de Lucas estavam vidrados e mostravam que ele faria exatamente o que Mel suspeitava.

— Assinarei – gritou quando Lucas ordenou que um dos capangas fizesse a ligação para Lee.

— Entre sua vida e a dele, você escolhe a dele? – segurou a mão que ela estendia para o papel que selaria o casamento deles. – Cadê o amor que sentia por mim?

— Transformou-se em medo e mágoa.

Lucas encarou o olhar de Mel por alguns instantes e soltou sua mão e seu pescoço com violência.

— Assine.

Mel assinou onde estava o x em todas as páginas e estendeu os papéis para ele.

— Pronto. Já pode me matar.

— Você não está em posição de ser arrogante. Se pensa que vai ser salva ou que será um mártir está enganada. O juiz só está esperando esses papéis. Todos os personagens necessários para que eu seja seu herdeiro já foram devidamente subornados. Tive muito tempo para planejar e providenciar tudo. Você vai ser apenas a mulher ridícula que tentou aprender a nadar sozinha e morreu antes de alcançar a boia. Alguém vai te encontrar em breve.

— Você não é humano!

— Eu sou apenas o homem, que todos sabem, que você sempre amou e com o qual se casou em segredo – sua boca se curvou em um sorriso. – Devia manter suas fraquezas em segredo.

— Melll, Mell...

Todos entraram em alerta ao ouvir gritos ao longe. Um dos homens que estavam com Lucas olhou por uma fresta da porta o extenso corredor que levava aonde estavam.

— É apenas uma garota desacompanhada. Devemos nos livrar dela?

— Não. Reconheço a voz; é minha irmã. Ela não vai conseguir fazer nada. Vamos nos esconder e assistir de camarote.

— Assistir o quê? – o homem que anunciou a chegada de Vanessa questionou.

— Isto.

Lucas aproximou ameaçadoramente na direção de Mel, quando ela estava por um tris ele a empurrou para a água e saiu andando em direção ao vestiário sem olhar para trás. Os dois homens que estava com ele o seguiu.

Mel não ouvia mais a voz de Vanessa chamando. Prendeu a respiração assim que a água fria tocou seu corpo.

Se debatia em busca de uma forma de sobreviver. Se arrependeu de nunca ter decidido aprender a nadar.

Não parecia ter saída. Deixaria o mundo dos vivos de uma forma humilhante e injusta. Sequer veria o rosto de Lee por uma última vez. A última coisa que ficaria na sua memória era a face cheia de crueldade de Lucas.

Raciocinar não era mais uma opção. Respirar também não. A água invadiu seu nariz e sua boca quando não conseguiu mais manter a respiração presa.

Fora da piscina Vanessa gritava como louca sem saber como ajudar a amiga. Olhava para todos os lados em busca de algo que pudesse usar para tirá-la da água. Também não sabia nadar, por isso Lucas não se importou com sua presença.

— Socorro! Alguém ajude! – repetia sem parar.

Lágrimas de desespero desciam pela sua face deixando sua voz estranha. Havia recebido a mensagem dela no aplicativo e desconfiou que alguma coisa estava acontecendo, pois não havia combinado nada.

— Mel, aguenta!

Caiu de joelhos quando viu a amiga perder os sentidos dentro da água.

Sem desistir continuou gritando e ligou para os bombeiros.

Enquanto conversava no telefone viu o homem que corria em direção a piscina e se jogava na água.

Soltou o telefone e olhou enquanto Mel era arrastada para fora da água.

Lee tremia enquanto realizava os primeiros socorros. Não tremia de frio, mas de pavor diante de possibilidade de perder Mel da mesma forma que perdeu seu pai.

Fazia massagem cardíaca e respiração boca a boca.

Implorava para que ela reagisse. A lembrança do pai no caixão insistia em perturbá-lo agourando suas tentativas. Havia perturbado o motorista do táxi e pulou do carro assim que parou jogando mais dólares que o necessário para o motorista. Procurou pelas primeiras portas e saiu gritando o nome de Mel pelos corredores até chegar ao fim do corredor principal.

— Vamos Morena! Eu preciso de você. Não posso te perder também – tocava o rosto dela em desespero buscando algum sinal de vida.

Não havia reação. Os únicos movimentos do corpo dela eram causados por seu desespero em ressuscitá-la. Não percebeu as lágrimas salgadas que percorriam seu rosto. Nada mais importava. Tinha que trazê-la de volta.

Alguém chorava ao lado lamentando a perda de uma amiga, mas ele não tinha tempo para olhar quem era. Não desistiria. Ficaria a vida toda tentando até que ela abrisse os olhos.

— Volta para mim – implorava enquanto insistia na massagem cardíaca.

A pessoa que chorava segurou sua mão. Parecia pedir para que desistisse. Não havia mais esperanças.

Ele não aceitou. Empurrou a mão frágil para o lado e continuou implorando mentalmente enquanto fazia respiração boca a boca.

Depois de algumas tentativas de trazê-la de volta, Mel começou a expelir a água ingerida.

— Graças a Deus! Você me assustou – Lee não tentou impedir as lágrimas que desciam com mais força de seus olhos.

Virou Mel de lado sem soltá-la para que ela pudesse expelir toda água. Em sua mente agradecia por tê-la encontrado a tempo, pois se demorasse um pouco mais não seria capaz de salvá-la.

Assustada, Mel chorava e tossia. Tinha dificuldade de associar o que aconteceu com o que estava acontecendo. A voz de Lee se misturava as ameaças de Lucas na sua cabeça.

— Eu amo você. Não deixarei que a machuquem nunca mais. Entendeu? – a voz dele estava rouca por causa do choro incontrolável.

Mesmo confusa ela balançou a cabeça afirmando. Tentava recordar o que havia acontecido com detalhes.

Por que estava nos braços de Lee? Por que sua garganta ardia tanto?

Aos poucos foi recordando o pesadelo e se encolheu ainda mais nos braços dele chorando copiosamente.

Ainda estavam no chão quando a ambulância chegou e levou os três para o hospital.

Pingo nos is

De volta a sua casa Mel seguiu acompanhada por Lee para o escritório onde os advogados ainda aguardavam para a reunião que ela havia exigido no dia anterior, mas eles não estavam sozinhos, dois policiais conversavam com eles. Fizeram silêncio após a entrada de Mel.

— Boa tarde! – Mel os cumprimentou em português.

— Como você está? – um dos advogados perguntou.

— Viva, graças a Deus e ao Lee.

— Nós estamos aqui para ouvir sua declaração sobre o ocorrido. Íamos até o hospital, mas nos informaram que a senhorita já estava de saída.

Lee a encarou. Além de não entender nada da conversa preferia que ela tivesse ficado no hospital cercada de seguranças por todos os lados.

— Tudo bem! Se não se importam prefiro que conversemos aqui diante dos meus advogados – ignorou a repreensão estampada no rosto de Lee desde que saíram do hospital.

— Perfeito – o policial pegou um gravador e ligou. – Conte tudo desde o início.

— Eu não tenho como provar o que direi; as imagens que vi através da câmera que meu pai me deu não foram gravadas. Ela estava ligada por acidente, mas infelizmente não estava com o rec ativado. Nessas imagens vi e ouvi coisas assustadoras. Se houvesse gravado eu não teria passado por tudo que passei.

— Conte-nos desde o início – o policial repetiu.

Mel relatou sobre a conversa que ouviu entre Lucas e a mãe, sobre sua fuga, o problema no aeroporto e o que aconteceu no colégio.

— Como disse antes ainda não tenho provas e essa história parece surreal – completou.

— Temos provas – o policial com o gravador disse.

Mel os encarou sem entender.

— O que quero dizer é que havia câmeras pertos das piscinas para pegar os alunos que aprontavam lá. Acho que ele não sabia. Por sorte as câmeras pegaram tudo que aconteceu. Só não temos os áudios, por isso precisávamos tanto do seu testemunho.

— Graças a Deus! Acho que agora terei paz.

— Sim. Estamos procurando pelos criminosos. Pelas imagens da câmera percebemos que eles fugiram quando seu namorado estava te resgatando – o outro policial decidiu falar também.

— O seu relato está gravado. Peço que fique disponível caso seja necessário maiores informações.

Os policiais se levantaram dispostos a partirem.

— Te manteremos informada.

— Obrigada!

Discretamente Jocasta ouvia a conversa atrás da porta e antes que os policiais saíssem ligou para o filho e alertou de que precisava fugir e se livrar do telefone para não ser rastreado. Depois da ligação pegou sua bolsa e partiu para esfriar a cabeça e pensar em como agiria depois de ser descoberta.

Depois que os policiais saíram Mel chamou Vanessa e iniciou a reunião com os advogados.

— Vou ser rápida. Chamei vocês aqui para alinhar como as coisas serão. A empresa vai continuar com Cleiton como presidente, ele está fazendo um excelente trabalho e meu pai sempre confiou nele. Eu vou continuar meu curso de administração na Coreia do Sul e visitarei a empresa no mínimo a cada dois meses. Também vou acompanhar tudo pelo programa que Romulo criou, além de acessos remotos quando necessário. Ainda essa semana marcarei uma reunião com os acionistas para saber a opinião deles.

— Excelente decisão. Tem nosso total apoio – eles não queriam estender a conversa por causa dos últimos acontecimentos e, realmente, consideravam a decisão dela assertiva.

— Agradeço muito. Quanto a essa casa quero que refaça a escritura colocando no nome de Vanessa.

— Não faça isso – Vanessa não parava de chorar desde que entrou na sala. – Eu não mereço sua amizade, muito menos essa casa onde cresceu com seu pai.

Ela estava destruída com a descoberta do que sua mãe e seu irmão haviam feito contra Mel.

— Claro que merece. Que bobagem está dizendo?

— Escondi de você coisas importantes e, por causa disso, tudo de ruim aconteceu na sua vida.

Mel sabia que era difícil para Vanessa confessar algo na frente daquelas pessoas. Então decidiu antes que ela se atrevesse:

— Senhores, devemos encerrar a reunião. Ainda não estou me sentindo bem.

— Claro descanse e estaremos a disposição vinte e quatro horas se precisar.

— Agradeço.

Enquanto apertava as mãos dos advogados em despedida Mel deixou claro que não mudou de ideia quanto a casa e a mudança em sua vida. Prometeu que discutiriam maiores detalhes em breve.

Enfim ficaram no lugar apenas Lee, Vanessa e ela.

— Me conte seus pecados – pediu em português olhando para Vanessa.

Sabia que Lee entenderia pouca coisa ou quase nada da conversa, mas Vanessa não parecia em condições de se preocupar em usar outra língua e era ela quem precisava ser compreendida.

— Quando seu pai morreu e eu sai de casa por alguns dias não foi por tristeza apenas – começou com voz chorosa e baixa. – Eu estava triste sim, mas o que imperava em meu coração era a vergonha.

Mel permanecia em silêncio ouvindo as palavras dela e Lee estava sentado no braço da poltrona observando as duas e buscando encontrar no que falavam algumas das palavras que aprendeu enquanto esteve com Mel em Seul.

— Sinto tanto – a voz de Vanessa sumiu durante um novo acesso de choro, mas logo ela continuou. – Seu pai morreu porque não suportou saber que a mulher com a qual ele viveu durante anos desejava sua morte. Ele tomava remédio para pressão, como você sabe, e teve um princípio infarto; mas a minha mãe ficou dizendo coisas horríveis antes do médico chegar. Eu ouvi tudo pela sua câmera. Naquele dia peguei ela sem você permitir e ia espionar pela casa como sempre fazia.

— O que ela disse ao meu pai? – a palma da mão de Mel doía com a força com a qual ela apertava as unhas na pele.

— Não quero repetir. Não me faça repetir.

— Diga. Eu preciso ouvir.

Vanessa olhou para os próprios pés antes de falar:

— Ela disse que estava mesmo na hora dele morrer e que ele podia levar a filha dele junto. Só queria de vocês o dinheiro mesmo. Que sentia nojo dele e odiava você e a lembrança da sua mãe. Que sempre desejou ver ele caído para nunca levantar.

— Stop – Lee interveio. Não estava entendendo nada da conversa, mas sabia que Mel sofria. Podia perceber pela expressão dela e pelo sangue que escorria de sua mão.

Mel olhou para ele e conseguiu esconder as lágrimas que queriam descer.

Ele a abraçou e sussurrou em seu ouvido:

— Nunca mais permitirei que te machuquem, mas você precisa me ajudar. Preciso saber a quem devo destruir.

Ela sorriu e as lágrimas desceram.

Vanessa continuou falando desta vez em inglês para que Lee pudesse entender.

— Sinto muito. Devia ter contado antes para que você pudesse colocar nossa família para fora de sua vida de uma vez por todas, mas tinha vergonha até de te olhar. Se tivesse contado você não teria fugido e se envolvido em tudo que aconteceu.

— Se tivesse me contado eu não teria conhecido o amor da minha vida. Tudo na vida acontece por um motivo maior que nossa coragem ou covardia.

Mel jamais culparia a amiga. Apesar de não terem a mesma mãe ou o mesmo pai eram como irmãs, e ela foi buscá-la quando Lucas tentou assassiná-la.

Vanessa abraçou a amiga ignorando que Lee ainda estava com os braços ao redor da cintura dela. Se alguém visse a cena associaria a um encontro entre três amigos. Nunca imaginariam que aquele abraço era um pedido de perdão de Vanessa, uma declaração de proteção de Lee e a aceitação para ambos de Mel.

Prisão Perpétua

Depois de tudo que aconteceu Lee não saia de perto de Mel. E ficava sempre atento ao telefone. Kwan e Kim Dong-sun, ao descobrirem que o policial responsável pela busca falava inglês fluentemente, seguiram com eles atrás de uma pista de Lucas. Haviam combinado de se comunicarem com Lee diante de qualquer novidade.

— Você devia dormir um pouco. Está há mais de vinte e quatro horas acordado – Mel analisou enquanto ele olhava o celular pela quinta vez dentro dos últimos cinco minutos.

Ela olhava o jardim escorada na bancada da varanda da biblioteca.

— Sua voz ainda não voltou ao normal – ele se aproximou e a abraçou por trás.

— Tenho certeza que você me abraçou assim para eu esquecer minhas preocupações.

— Está funcionando? – beijou o pescoço dela desejando que esse toque aliviasse a dor que ela podia estar sentindo na garganta. – Minha princesa, só vou conseguir dormir depois que aquele canalha estiver atrás das grades ou morto.

Mel apertou as mãos que prendiam sua cintura.

— Você também não dormiu desde que aquele... – não conseguiu terminar a frase lembrando que quase a perdeu.

— Realmente estou cansada, mas me preocupa o que você pode aprontar enquanto durmo.

Antes que Lee pudesse responder Vanessa chegou com uma pequena bandeja com um copo de água e dois comprimidos.

— O Dr. Anderson receitou esse calmante antes de ir embora. Você precisa tomar.

Mel aceitou o copo e os comprimidos. Tomou sem falar nada e tentou sorrir para Vanessa. Seu sorriso mais parecia uma máscara.

Sem dizer mais nada Vanessa partiu com o copo vazio e a bandeja. Apesar de Mel não a culpar por tudo que aconteceu ela ainda se sentia um pouco incomodada na presença da amiga. Lembrava que o sangue em suas veias era o mesmo sangue das pessoas que quase a mataram por dinheiro.

— Vou velar seu sono. Venha.

Lee a pegou pela mão levando escada acima até o quarto.

Mel se deitou e ele a cobriu.

— Estou com medo de dormir e ter pesadelos.

Lee cerrou os punhos. Sua amada parecia tão indefesa. Não lembrava mais a garota que o derrubou com um soco.

— Vou estar aqui quando acordar. E vou cantar para espantar seus pesadelos.

— Vai cantar a nossa música?

— Sim, mas não sei qual delas – agradeceu por a conversa tomar esse rumo. Queria ela bem longe de preocupações.

— Cante aquela que você disse que é só sua.

— Feche os olhos que cantarei.

Mel obedeceu. E ele começou a cantar *Eyes, Nise e Lips*. Aos poucos a voz foi ficando fraca e poucas palavras eram ouvidas. Logo ela estava em um sono profundo que só o cansaço, físico e mental juntos, pode proporcionar.

Foi nesse exato momento que o telefone de Lee vibrou com uma mensagem de Kwan onde dizia que Lucas foi encontrado. Sem pensar duas vezes ele beijou a testa de Mel fazendo uma promessa de que ninguém nunca mais a machucaria e partiu depois de pegar as chaves do carro dela.

Ele não percebeu que um táxi estava chegando quando saiu.

No táxi estava Dong-hwa que após saber da viagem do irmão ficou curioso por conhecer o Brasil, pegou o primeiro voo que achou e um táxi em direção a casa de Mel.

Já anoitecia. O farol do táxi iluminou o momento em que Lee destranca o carro na porta da mansão, entra e parti em disparada. Dong-hwa força a vista e, quando tem certeza que é o seu irmão que saia em um carro estranho, pediu o taxista para o seguir. Seu espírito aventureiro falava mais alto.

Foi esse espírito aventureiro que fez com que descobrisse o endereço de Mel através de Sun-hee e abandonar as aulas para embarcar em uma viagem para o Brasil quando sabia no máximo cinco palavras do português. Sua sorte era que muitas pessoas pelo mundo falavam inglês, assim como ele.

A chuva caia forte quando Lee chegou ao local onde Kwan aguardava.

Era uma pequena lanchonete na saída da cidade. Lucas matou o único atendente que estava no local e se escondeu. Só que havia um cliente que percebeu os movimentos estranhos e fugiu antes de ser pego, ligando para a polícia assim que se sentiu seguro.

Já havia um alerta espalhado e a polícia cercou o local. Kwan e Kim Dong-sun ouviram a notícia na delegacia e, também foram.

Lee chegou quando ainda não haviam prendido Lucas ou invadido o local. Os policiais faziam planos para entrar, mas ele não estava nenhum pouco disposto a esperar. Não conseguia parar de pensar na forma em como quase perdeu Mel e queria cumprir sua promessa de que não deixaria ninguém a machucar.

Passou tão rápido pelos policiais que eles não conseguiram segurá-lo.

Encontrou Lucas acuado perto do caixa e partiu para cima dele.

Derrubou Lucas com o primeiro soco. Ele caiu e antes que pudesse pegar sua "carta na manga", Lee avançou novamente e começou a socá-lo desesperadamente. Como se assim pudesse apagar da memória a dor que viu nos olhos de Mel.

Não teve tempo para matá-lo. Os policias invadiram e tiraram ele de cima do corpo inconsciente de Lucas.

O que não esperavam era que a inconsciência fosse fingimento. Com o rosto desfigurado ele levantou, aproveitando a distração do policias enquanto tiravam Lee para fora do lugar, e correu para a saída. Seu plano não era exatamente fugir. Puxou uma pistola de dentro do casaco e atirou mirando as costas de Lee.

Os policiais correram quando viram a arma, mas não houve tempo de evitar.

O som do tiro ecoou e todos pararam por poucos segundos antes de atirarem várias vezes em Lucas que caiu lentamente, sem vida. Era apenas um corpo vazio de alma.

Antes de Lee virar para ver o que ocorria sentiu alguém cair esbarrando em suas costas. Quando olhou para trás viu seu irmão.

Não acreditou no que viu. Ele devia estar em Seul. Piscou várias vezes para que a imagem sumisse, mas não sumiu.

— Um médico – gritou desesperado segurando corpo que escorregava.

Dong-hwa lutava para manter os olhos abertos. Havia se colocado entre o irmão e a bala por impulso.

— Irmão... – sua voz saiu extremamente fraca.

— Não fala nada. Poupe sua energia. Vai ficar tudo bem – pediu antes de gritar novamente. – Cadê a porcaria do médico?

Já havia uma ambulância no local por precaução. Logo estavam a caminho do hospital. Lee conversava o tempo todo com o irmão para que ele não caísse na inconsciência.

Seu pensamento era simplesmente uma prece para que a morte não o levasse.

Não se importava com as lágrimas que desciam pelo seu rosto. Havia chorado desde que conheceu Mel tudo que não chorou sua vida inteira mesmo na infância, mesmo quando sentia a distância da mãe. Porém no fundo agradecia por isso, pois sempre teve medo de nunca conhecer o amor e virar um monstro, apesar do carinho do pai. Seu rancor pelo desprezo da mãe o impedia de aceitar totalmente o amor de seu pai. Mel conseguiu torná-lo humano novamente.

Já no hospital Dong-hwa entrou para a sala de cirurgia. Lee teve que ser impedido por seguranças e enfermeiros de entrar atrás. Seus amigos chegaram no meio da confusão e depois de um tempo conseguiram convencê-lo a aguardar a cirurgia na sala de espera.

Mel chegou ao hospital e encontrou os três sentados em bancos. Lee em um e os dois amigos em outro. Ambos de cabeça baixa.

Ela se aproximou e acariciou os cabelos de Lee.

Ele olhou para cima e a viu. Um sorriso nasceu em seu rosto triste.

— Você devia estar dormindo – segurou a mão dela.

Os outros apenas olharam.

— Você também devia. Vanessa decidiu me despertar quando soube o que aconteceu com seu irmão.

Ele puxou sua mão e a fez sentar-se ao seu lado no banco. Quando ela sentou ele colocou a cabeça em seu colo.

— Vou fechar meus olhos por alguns instantes – falou ao sentir o toque suave da mão dela acariciando seus cabelos lentamente. Logo estava dormindo.

Horas depois despertou com o som de um grito em algum lugar do hospital.

— Bom dia! – Mel brincou acariciando seu rosto. Ainda era madrugada.

— Quanto tempo dormi? – perguntou olhando nos olhos dela.

— Mais de três horas.

— Mel, não esteve esse tempo todo com minha cabeça em seu colo, esteve? – seu tom era de repreensão. – Não devia ter feito isso. Deve estar toda dolorida.

Levantou e estendeu a mão para ela.

— Venha, vamos comer algo.

Ela aceitou a mão oferecida. Foi abraçada assim que levantou.

— Vão e tragam café. Vamos esperar aqui para caso de surgir alguma novidade – Kwan disse antes que partissem.

Na lanchonete Mel e Lee tiveram uma visita inesperada.

Jocasta se jogou aos pés de Mel chorando e implorando antes que ela sentasse em uma das cadeiras:

— Por favor, por tudo que já fiz por você, por todo o tempo em que fui sua mãe. Não deixe que me prendam.

Mel a empurrou. Em sua mente passava tudo que viu através da câmera quando ela conversava com o filho combinando friamente a morte dela.

Sentia que não tinha mais lágrimas para chorar.

— Você tirou meu filho de mim – gritava como louca. Tinha esperanças de que Mel a perdoasse ou, no mínimo, tivesse pena dela por perder um filho.

— O seu filho tentou me matar a seu comando – sua voz saiu baixa de tristeza, raiva e respeito pelo local onde estavam.

Jocasta a encarou com olhos vermelhos.

— Acha mesmo que vai ser feliz só porque se livrou de nós?

Não foi necessário que Mel respondesse. Vanessa apareceu com dois policiais. O rosto dela estava horrível; vermelho e manchado de maquiagem por causa das lágrimas.

Os policiais algemaram Jocasta e a levaram.

De repente ela não tinha mais forças para implorar ou ameaçar. Seu filho estava morto e ela seria acusada de cumplice em tentativa de assassinato e de roubo, pois enquanto Mel estava fora ela havia tirado dinheiro da empresa sem restrição usando o nome da enteada.

Jocasta podia pegar apenas alguns poucos anos de prisão, mas o fato de perder seu filho e ter seus planos caídos por terra a deixava com a sensação de que estava em uma prisão perpétua.

Diferente de Jocasta o destino decidiu que Lee e Mel já haviam sofrido demais. A primeira mudança nos ventos do destino foi que quando voltaram do refeitório o médico estava dando a notícia de que Dong-hwa estava fora de perigo. Logo despertaria.

Aceito

Tudo estava perdendo o tom de negro. Todos começavam a sorrir com mais sinceridade. Dong-hwa já tinha saído do hospital e estavam de volta a Seul.

Lee e seus amigos programaram uma festa de aniversário de dezenove anos para Mel. Uma festa a fantasia.

Romulo, Vanessa e Sara programaram para estar com Mel nessa importante data.

No dia anterior a festa, enquanto Romulo se aventurava por Seul sozinho, as meninas se reuniram com Sun--hee e foram as compras procurar fantasias.

— Você vai se vestir de princesa para acompanhar seu príncipe? – Sara questionou enquanto colocava uma fantasia de odalisca na frente do corpo.

— Nada disso. Não gosto de fazer as coisas que as pessoas esperam – Mel riu rodando uma saia de baiana.

— Garota do contra – todas riram.

— E o cavaleiro da friendzone[15]? – Sun-hee alfinetou.

---

15. Friendzone: na cultura popular, friendzone é o nome dado para uma relação em que uma pessoa deseja ter um relacionamento romântico com outra, mas esta prefere apenas manter a amizade.
O friendzone possui os mesmos princípios que o chamado "amor platônico", ou seja, quando alguém têm sentimentos por outra pessoa, mas não é correspondido; um amor unilateral.

— O que? – Sara e Vanessa perguntaram ao mesmo tempo.

Mel balançou a cabeça antes de responder com outra pergunta:

— Está falando de Kwan?

— O astro ruivo – Vanessa suspirou. – Percebi que ele olha para você de uma forma intensa demais.

— Verdade. Também percebi no pouco tempo em que estive com ele – Sara comentou.

— Vocês não sabem – o tom de Sun-hee mudou teatralmente como se fosse contar um segredo. – Kwan se declarou para ela primeiro e foi rejeitado.

— Coitado! Deve ser tão difícil ver o amigo com a mulher que ele ama – Vanessa falou pensativa.

— Eu não suportaria – Sara completou.

— Gente, ainda estou aqui. Podem parar de falar de mim como se eu não estivesse?

— Mas é verdade, Mel. Kwan deve sofrer muito – Sara insistiu.

— Eu também não estou feliz com isso. Gostaria que ele fosse feliz porque é um grande amigo, mas o que posso fazer?

— Esse negócio de amor é tão complicado – Sun-hee comentou enquanto puxava a fantasia das mãos de Mel para olhar direito.

— Você devia sair com ele alguns vezes, Vanessa. Ele é lindo e percebi pelo tempo que passou no Brasil que gosta de conversar com você – Mel decidiu jogar Vanessa na fogueira.

— Verdade. Nada melhor que um novo amor para apagar um antigo – Sara concordou.

— E você não tem namorado, tem?

— Podem parar. O Kwan é uma ótima pessoa, mas não vou me jogar de cabeça em uma luta pelo amor dele. Depois quem ficará na *friendzone* serei eu.

— Se acha que ele é uma ótima pessoa pelo menos curta essa pessoa enquanto estiver aqui. No mínimo vai se divertir – Sun-hee ficou animada com a possibilidade de um novo casal na nova turma.

— Me diga uma coisa, como ficou a noiva do seu príncipe? – Vanessa perguntou tentando mudar o assunto.

Mel suspirou antes de responder. No fundo queria que as coisas com Eun-Kyung tivessem terminado de forma diferente.

— Nunca mais soubemos dela. Lee me disse que procurou de todas as formas conversar com ela para não sair como o canalha que a abandonou no altar, mas parece que ela saiu do país e não quer ser localizada.

— Ela deve estar sofrendo muito.

— Eu sei – apertou o pingente de coruja em seu pescoço.

De repente lembrou de suas festas de aniversário anteriores que seu pai insistia em fazer todos os anos. Apesar de estar feliz ao lado do homem que amava ainda sentia falta dele.

Para afastar as lembranças sugeriu:

— Que tal um momento karaokê só das meninas?

Como resposta suas amigas bateram palmas.

Menos de uma hora depois estavam soltando a voz em uma cabine de karaokê.

Na noite da festa todos estavam se divertindo. As novas amigas: Vanessa, Sara e Sun-hee acabaram decidindo vestirem-se de as três mosqueteiras. Era para Mel entrar como D'Artagnan, mas ela escolheu outro caminho.

Como Lee monopolizava bastante a atenção de Mel durante a festa, as três permaneceram unidas, e com os dois vampiros Kwan e Kim Dong-sun. Romulo estava circulando pela festa.

Na pista o casal mais famoso da atualidade no Brasil e na Coreia do Sul se olhava enquanto dançavam lentamente.

— Confesse. Essa festa a fantasia é só uma desculpa para se vestir de príncipe – Mel disse com um sorriso provocativo.

Dançavam uma valsa no salão junto com outros convidados. A primeira hora estava programada para tocar apenas músicas para se dançar em par.

— Me pegou – Lee a girou lentamente. – Só não estou completamente satisfeito porque não se vestiu de princesa.

Mel afastou a lembrança da primeira festa em que compareceu em Seul. Não disse, mas não quis usar vestido de princesa porque não gostava da lembrança que traziam.

Talvez um dia conversassem sobre isso e ela poderia esquecer aquela festa, mas não era o momento para falar de coisas tristes. Decidiu aproveitar sua festa de aniversário.

— Não acha que fico bem de anjo?

— Fica sensual demais. Só poderá se vestir assim quando estivermos juntos para que eu possa matar qualquer um que ousar te olhar.

— Hum. Então meu namorado é do tipo ciumento possessivo?

— Nem tem ideia. Se houver outra festa a fantasia algum dia vou te obrigar a usar aqueles vestidos ocidentais de época; aqueles extremamente longos e cheios de pano, ou um imenso quimono ou uma fantasia de fantasma.

Mel riu. Não conseguia ficar triste perto dele. Nem as lembranças ruins duravam muito.

— Venha comigo – ele parou de dançar de repente e a puxou pela mão porta a fora, para longe do barulho da festa.

Chegaram a um coreto todo iluminado por luzes coloridas. Do coreto podiam ver as águas do lago. As mesmas águas que levaram a vida do pai de Lee. Era doloroso para ele estar ali, mas precisava que seu pai estivesse presente naquele momento. Precisava sentir que ele abençoava suas escolhas.

— Esse lugar é muito especial para mim – estavam de pé lado a lado observando a noite estrelada.

— É lindo! – Mel desejou voltar durante o dia. Sentia que o lugar seria ainda mais belo com a luz do sol. – Obrigada por me trazer aqui!

Percebendo que Lee ficou pensativo e com o semblante triste brincou:

— Não tomar banho de macarrão nessa festa já é um grande avanço em nossa relação.

Ele a encarou e viu em seus olhos a sombra daquela lembrança. Jurou para si mesmo que apagaria da cabeça dela todas as lembranças ruins, causadas por ele ou não; ou morreria tentando.

— Você se machucou por minha causa. Por causa da minha obsessão e do meu egoísmo. Como pude ser tão idiota apenas por não entender o que sentia por você?

— Pode parar. Vai acabar me convencendo a te perdoar.

— Isso me lembra que você ainda tem que se vingar duas vezes para que minha consciência fique tranquila.

— Sua consciência nunca vai ficar tranquila, querido. Sou uma pessoa cruel. Vou usar isso para sempre conseguir de você o que quero.

— E o que quer agora? – parecia disposto a agradá-la.

— Quero que me beije – mal completou a frase e já sentiu o ar sumir de expectativa. Parecia que era um efeito que ele sempre teria sobre ela.

— Não – decretou tentando parecer sério.

— Mas e a sua consciência tranquila? – falou desapontada.

— Eu a trouxe aqui por um motivo muito específico. Não foi para ficar te beijando – tirou do bolso uma concha e a entregou. – Abra.

Quando ela pegou a concha uma conhecida música começou a tocar. Era a música que ele escolheu para eles. A música proibida.

Mel abriu a concha e se deparou com um anel lindo; dourado com uma delicada pedra azul circulada por pequenos cristais.

Ficou olhando admirada o anel e absorvendo seu significado.

Lee segurou as duas mãos dela e se ajoelhou. A música ainda tocava ofuscando o barulho da festa.

— Mel Morena Alison Bittencourt, tendo a lua, as estrelas e o amor dos nossos pais como testemunha, você aceita ser minha esposa? – perguntou encarando-a de baixo.

— Lee Kang Dae monstro príncipe insensível, aceito ser sua esposa – respondeu com um sorriso bobo no rosto que não conseguia e nem queria esconder.

Ele colocou o anel no dedo dela e se levantou para selar com um beijo uma promessa que foi testemunhada pela noite, pelos músicos que continuavam tocando e cantando e, principalmente, por orgulhosos pais que olhavam por eles e nunca deixariam de olhar.

Durante algum tempo eles dançaram, se olharam e se beijaram cientes de que compartilhavam a felicidade que muitos buscavam. Os músicos permaneciam no pequeno palco improvisado perto do lago, eles tocavam apenas duas músicas repetidamente.

Noiva de doramas

Mel e Lee descobriram o significado da palavra correria durante os dias que se seguiram.

Depois que decidiram se casar e manter suas promessas aos pais tudo virou um caos e quase não tinham tempo para ficar juntos. Viajavam constantemente e trabalhavam como loucos. Mel, com a ajuda de Cleiton, ficaria à frente da empresa do pai que se uniu a corporação de Lee.

O que os mantinha de pé era a promessa de que seriam marido e mulher em breve.

A ajuda que a mãe de Lee estava dando para a festa de casamento garantia que ela tinha tudo para ser perfeita.

Os dias foram passando, as coisas foram tomando seus lugares, e o grande dia chegou.

Enquanto se vestia Mel lembrava do dia em que recebeu a visita da futura sogra pela primeira vez depois que voltou do Brasil.

Havia acabado de chegar em Seul depois de resolver várias coisas no Brasil e nomear Sara oficialmente como sua representante na empresa. Estava conversando com a senhora Kim Min Young e Sun-hee sobre tudo o que aconteceu no Brasil quando tocaram a campainha. Foi uma surpresa geral quando viram a convidada, pois todos ali a conheciam; pessoalmente ou não.

Depois de convidada para entrar ela pediu para conversar a sós com Mel. Mãe e filha foram para o quarto e deixaram as duas sozinhas.

— Sente-se, por favor – Mel indicou o sofá.

— Não sei muito bem como dizer isso porque não estou acostumada a me desculpar, então vou direto ao ponto. Você já deve saber que minha consciência foi mais forte que meu orgulho e acabei contando a verdade e impedindo o casamento do meu filho com a Eun-Kyung. Não quero justificar meus atos anteriores e nem posso dizer que me arrependo deles. Faria tudo novamente se imaginasse que seria o melhor para os meus filhos. Por isso, estou aqui hoje. Porque desde que tive uma conversa séria com meu Lee Kang Dae sobre seu futuro soube que não teria como te excluir dele.

Era um longo discurso, mas Mel ouviu atentamente e não a interrompeu em nenhum momento. Sabia o quanto o respeito aos mais velhos era prezado naquele país.

— Eu preferia uma noiva de uma família tradicional da Coreia do Sul, mas me contento com o brilho que vejo nos olhos do meu filho desde que te conheceu.

— Obrigada! Sua aprovação é muito importante para mim. Sei o quanto Lee ama e respeita a senhora.

— Sim. Sim. Mas minha aprovação tem um preço.

— Qual? – Mel pediu mentalmente para que esse preço não tivesse nada a ver com netos, pois se dependesse dela passaria pelo menos dez anos curtindo o marido e trabalhando para manter as heranças de seus pais.

— Quero que a festa de casamento seja tradicional e quero cuidar de cada detalhe – Ahn Young-Soo disse alheia aos pensamentos da garota.

— Isso está mais para um presente que uma condição. Acho linda essa tradição e desde que conheci a cultura coreana sonho que meu casamento seja tradicional.

— E mais uma coisa, definitivamente exijo que morem na casa em que meu filho cresceu – temia ficar sozinha.

— Com a senhora e seu outro filho?

— Sim. A casa é imensa. Tem lugar para mais uma pessoa. Vê algum problema nisso?

— Não senhora. Apenas não quero incomodar. Se for seu desejo, aceitarei com prazer.

— Então tem a minha benção. Só não espere que eu me torne uma pessoa mais amável porque não faz parte da minha personalidade.

— Vejo muito da sua personalidade em seu filho. Não se preocupe, gosto disso.

De volta ao presente Mel caminhou sozinha até o lugar onde deveria estar sendo aguardada, mas ainda não tinha ninguém.

Sentou-se distraída alisando seu hanbok[16] de cores claras.

— Como conseguiu ficar ainda mais linda vestida de noiva? – Lee estava na porta observando sua amada sentada distraída na sala onde tirariam algumas fotos antes da cerimônia. Sentia que podia sair voando de felicidade.

— Olá, meu príncipe – sorriu. Cada dia estava mais apaixonada por seu monstro insensível. – No meu país tem uma tradição que diz que dá azar o noivo ver a noiva vestida com a roupa do casamento antes da cerimônia.

Ela adorou ver ele em trajes tradicionais.

— Azar seria não te ver – se aproximou devagar aproveitando para olhá-la o máximo que pôde e se ajoelhou aos seus pés.

---

16. Hanbok: tradicional vestido coreano. Muitas vezes, é caracterizado por cores vibrantes, linhas simples e ausência de bolsos. Usado em celebrações tradicionais.

— Como consegue ser tão lindo e me deixar sem ar tão facilmente seu monstro insensível? – o tom de brincadeira estava explícito em sua voz. Seu sorriso também denunciava uma alegria plena.

— Devia me chamar de Oppa e não de monstro. Aliás, nunca me chamou assim.

— É que ainda não me acostumei com todas as tradições de vocês e algumas coisas eu tenho vergonha de dizer e parecer tola. Essa a palavra é uma das coisas que tenho vergonha de dizer. Até já treinei na frente do espelho e da TV, mas nunca consegui pronunciar na frente de alguém – confessou.

— Jamais parecerá uma tola.

— Por favor, pare de me hipnotizar com esses olhos negros.

— Não – permaneceu encarando-a. – Agora exijo que me chame de Oppa ou aguente as consequências.

Mel levantou uma sobrancelha em desafio.

— Se não me chamar como quero eu vou te beijar tanto que teremos que adiar a cerimonia, pois não terá força nem para sair desse aposento.

As palavras penetravam a mente de Mel e faziam seu corpo arrepiar. Respirar era uma luta. Questionava se seria tão ruim assim adiar a cerimônia. Ansiava pelo castigo prometido.

— Posso ouvir seu subconsciente fazendo as contas para decidir se deve me desafiar. Posso ouvir seu coração acelerado louco para sentir as consequências.

Sabendo que não resistiria se ele continuasse falando Mel colocou as duas mãos no rosto dele e disse as palavras mágicas:

— Oppa, eu te amo.

E Lee mandou para o inferno qualquer controle que pudesse ter e tomou os lábios de Mel. A envolveu em um abraço e a prendeu entre ele e o divã onde ela estava sentada. O beijo foi ficando intenso demais, quente demais. Mas logo foi interrompido pelo som de uma batida na porta e a entrada do fotografo fazendo estardalhaço acompanhado por Vanessa e Ahn Young-Soo.

Mesmo com a presença deles Lee, com o polegar, acariciou os lábios de Mel como em uma promessa de que depois daquele dia ela seria eternamente sua.

Enfim sós

Lee olhou o relógio pela enésima vez. Ainda vestia a roupa do casamento e não conseguia sair do escritório da casa onde passaria um mês curtindo a sua esposa. Estavam em uma ilha e ainda assim o trabalho o alcançava.

Estava há mais de uma hora no telefone. Mas ficaria até um dia inteiro ali se isso impedisse a necessidade de voltar para a sede da empresa em Seul.

Os últimos meses foram os mais loucos e intensos de sua existência. Conheceu a mulher da sua vida, descobriu que tinha um irmão, quase perdeu os dois e estava casado.

Quando pensou que estava encerrando, crente de que não havia mais nada que precisasse orientar, Cleiton entrou na conferência com um novo problema. Não tão novo.

Acariciava a aliança distraído absorvendo da conversa apenas o que serviria para solucionar o maldito problema que ainda rondava o novo modelo de carro. Já haviam resolvido há meses e ainda assim esporadicamente aparecia um ou outro investidor questionando alguma coisa, buscando alguma falha.

— A mais importante das distribuidoras pretende se recusar a receber os carros da segunda remessa. Sempre teve inveja da grandiosidade da empresa da família Bittencourt e está aproveitando para tentar destruir sua reputação. Achei que deveria saber.

— Diga que estamos dispostos a pagar qualquer reembolso, indenização ou multa que eles estiverem cobrando e, ainda assim, finalizar o processo e enviar os veículos. Os clientes finais não devem ser prejudicados. Se necessário leve os carros na casa de cada cliente – não queria mais falar sobre as malditas pessoas que rodeavam o mundo dos negócios.

— Farei isso. Desculpe interromper sua lua de mel.

Lee respirou fundo antes de dizer.

— Cleiton, não me ligue mais. Confiamos em você. Tem liberdade como CEO para decidir sobre qualquer assunto. Use essa liberdade sem restrição. Tudo que me falaram nesse tempo todo de ligação é importante, mas também está ao seu alcance. Qualquer coisa que precisar contate o diretor da K1 e, por favor, ajude-o a guiar meu irmão para que ele não faça nenhuma besteira.

Dong-hwa estava cada vez mais envolvido com os assuntos da empresa. Queria seguir os passos do irmão nos negócios.

— Sim. Sim. Aproveite sua lua de mel.

— Até daqui trinta dias – respondeu arrependido de ter ficado tanto tempo ali. Não devia nem ter atendido o telefone, pois sabia da competência de seus funcionários.

Enquanto Lee discutia no telefone, Mel se desfez da roupa de festa, tomou um banho, vestiu uma camisola e se deitou à espera do seu marido. Diante da possibilidade de que ele demoraria ela fechou os olhos disposta a deixar sua mente descansar. Estava ansiosa pelo que viria a seguir, mas o cansaço era mais forte que a ansiedade. Acabou dormindo.

Depois de uma hora e meia Lee saiu do escritório. Felizmente havia conseguido resolver a situação e proibiu que voltassem a incomodá-los nos próximos trinta dias ameaçando demitir o primeiro que o fizesse. Foi para não ser incomodado que deixou a pessoa mais competente e em quem mais confiava como substituto provisório.

Entrou no quarto devagar. Queria surpreender a esposa, mas foi pego de surpresa. Mel estava em um sono profundo.

Sorrindo ele deixou o quarto e tomou um banho antes de voltar.

Deitou ao lado dela devagar para não a acordar, apoiou o rosto na mão e ficou observando o sono dela.

Afastou uma mecha de cabelo com cuidado e beijou sua testa.

— Sonhe comigo.

Na manhã seguinte Mel acordou e se descobriu sozinha na cama. Olhou o relógio 7:00 da manhã. Estava muito cedo para Lee já ter levantado. Imaginou se ele passou a noite trabalhando.

Depois perguntaria a ele. Queria ver o mar.

Sem se preocupar em trocar de roupa deixou um bilhete em cima do travesseiro e seguiu para a praia.

Mal abriu a porta e se chocou com o paraíso.

Quando chegaram já era noite. Não teve como explorar o lugar. O mar se estendia em frente à casa como se no mundo só existisse aquela ilha. Não havia embarcações ou sinal que indicasse terra diante de seus olhos. A areia branca partia da porta da casa até se misturar a água límpida do mar.

Saber que durante os próximos dias teria aquela visão toda vez que abrisse a porta a encheu de alegria.

Caminhou lentamente pela areia enquanto as ondas levavam água gelada até seus pés. A paz que sentia não podia ser descrita.

De repente sentiu mãos envolverem sua cintura e seu corpo ser puxado contra músculos rígidos.

Seus olhos negros que só me olharam
Seu nariz que manteve a mais doce respiração
Seus lábios que suspiraram "Eu te amo, eu te amo"

Ouvir a voz do seu marido em um esforço para cantar um trecho da música deles em português era algo que fazia seu corpo e sua mente levitarem.

Ela apenas ficou curtindo o momento.

Lee continuou por algum tempo apenas sentindo o abraço. Até que comentou:

— Esse é um daqueles desejos da sua lista que nunca me cansarei de satisfazer.

— Abraçar por trás?

Ao invés de responder ele fez outra pergunta:

— Como foi que nossa lua de mel se transformou em uma noite de sono profundo?

— Acho que o peso de tudo que vivemos nesses últimos meses desabou sobre nós.

— Acabou. Estamos livres. Pelo menos esse mês.

— Você dormiu ao meu lado? Fiquei preocupada de que tivesse passado a noite toda trabalhando.

— Fiquei pouco tempo no telefone. Tempo o suficiente para encontrar minha linda esposa em um sono invejável. É bom que tenha descansado. Assim posso me sentir menos culpado por não te deixar descansar nos próximos dias.

Mel se arrepiou com a promessa. Seu rosto parecia ter congelado em uma expressão de felicidade plena.

— Desmontei meu celular. Quero ver se alguém vai se atrever a vir aqui – Lee comentou depois de beijar perto da orelha dela.

— Quem se atreveria a provocar o Príncipe da Coreia do Sul? – Mel riu e descansou a cabeça no peito dele.

— Ninguém. Principalmente quando esse príncipe está com sua dona. A bela princesa de pele morena.

— Nunca vou deixar você solto pelo Brasil – Mel falou de repente.

— Por que?

Mel sentiu seu corpo ser erguido. Estava sendo carregada para dentro da casa.

— Porque você pode ver a variedade de morenas que existem, e se pensar em olhar para qualquer uma delas eu terei que trucidá-lo – seu sorriso mostrava que estava brincando, mas o leve aperto dos seus dedos no queixo dele desmentia o sorriso.

Lee riu.

— Podem existir milhões de morenas. Não amo somente sua cor. Amo tudo em você: seu sorriso, sua teimosia, a forma que prende a respiração toda vez que estou prestes a beijá-la.

Falavam enquanto ele a carregava para o quarto.

— Eu amo você, Oppa – falou antes de roubar um beijo.

— Por que faz isso comigo?

Ela apenas riu e o encarou com brilhantes olhos castanhos.

— Não me olha assim ou meu desejo vai ser mais forte que qualquer outra coisa e terei que possuí-la antes de chegar em nosso quarto. Sabe o quanto foi difícil te desejar todo esse tempo sem poder tocá-la?

— Por que nunca tentou? – realmente estava curiosa.

— Por causa do último item da sua lista.

Mel lembrou da sua lista e de como Lee realizou cada um dos itens.

Tocou seu rosto com carinho.

— Meu príncipe, tenho certeza de que eu não negaria. Se um beijo seu já me faz perder o rumo, imagino ...

Ela não chegou a completar a frase, mas Lee sabia que naquele momento ela imaginava o seu toque e isso foi a gota d'água para o seu desejo.

Jogou ela na cama e a encarou com uma expressão de um predador. Mel sentiu faltar seu ar ansiando ser amada por ele. Só que ele lembrou que ela dormiu sem comer então, juntando o último resquício de controle que possuía, ele puxou o carrinho com a bandeja de café da manhã que havia preparado para mais perto da cama e pegou um cacho de uva.

Somente depois de alimentá-la ele enfim decidiu saciar o desejo de ambos.

Segurou seu queixo guiando seus lábios para um beijo que não seria interrompido.

Mel fechou os olhos e foi levada por ondas de carinho, fogo e paixão. Recebeu seu marido, seu príncipe, seu primeiro com a certeza de que seria sempre protegida e amada.

Lee fechou os olhos e soube que nunca mais estaria sozinho; a sua morena iluminaria seus dias e suas noites. Reservaria para ela seu corpo, sua alma e seu coração.

The End

Extra
Finos paralelos

Jocasta

Jocasta confessou que ajudou o filho a plantar a droga nas coisas de Mel.

A polícia localizou a aeromoça e ela confessou que fez por dinheiro.

Mesmo pegando poucos anos de prisão Jocasta teve que pagar todos os dias desse tempo em regime fechado, pois não tinha mais condições de manter um advogado e mesmo que Vanessa a visitasse constantemente não cedeu aos apelos da mãe em ceder um advogado.

O senso de justiça de Vanessa impedia. Sua mãe precisava pagar pelos erros. Depois que pagasse cuidaria dela.

Só que Jocasta não aguentou esperar e negociou com as outras presidiárias veneno o suficiente para acabar com a própria vida. Cometeu suicídio nas primeiras semanas de prisão.

Eun-Kyung e Romulo

Depois de ser deixada no altar Eun-Kyung se trancou em casa deixando para trás amigos, faculdade e, tudo mais, que lembrasse Lee Kang Dae.

Mas se esconder não foi suficiente quando recebeu uma encomenda que a devastou.

O fotografo do casamento que não aconteceu se sentiu na obrigação de enviar as fotos uma vez que foi pago.

No dia em que Eun-Kyung recebeu as fotos teve um ataque de nervos e quebrou tudo pelo seu caminho na casa depois de rasgá-las.

A vergonha foi um peso que ela não pode suportar.

Preocupados seus pais a mandaram para concluir o curso em Boston.

Os novos ares fizeram bem para ela e o destino decidiu que ela já sofreu o bastante pela insistência em ter Lee Kang Dae. Decidiu colocar o amor verdadeiro em seu caminho. Um belo brasileiro que partiu para os Estados Unidos convidado para trabalhar em uma gigantesca empresa de tecnologia. Um brasileiro chamado Romulo.

O encontro deles, definido pelo destino, aconteceu em uma livraria. Ambos seguraram o mesmo livro: *Cadê o Rock'N'Roll*.

— Desculpe – ela disse em inglês. As mãos permaneciam unidas sobre o livro.

— É o último exemplar. Acho que teremos que ler juntos – Romulo respondeu sorrindo. Estava encantado pela beleza dela.

E realmente leram juntos, assim como leram muitos outros livros depois desse.

Kwan e Vanessa

Enquanto esperava na porta da universidade pelo namorado Vanessa recordava como tudo começou.

Ele a havia convidado para conhecer um templo enquanto estava em Seul para o casamento de Mel. Durante o passeio conversaram bastante sobre várias coisas inclusive sobre o amor platônico que ele sentia pela amiga dela.

Quando ela voltou para o Brasil achou que não teriam mais contato, porém se enganou. Ele ligava constantemente e passou a visitá-la.

Acabou que a amizade foi se transformando em um sentimento mais intenso.

Foi graças a Kwan que Vanessa não se sentiu muito solitária na enorme casa depois da morte do irmão, da prisão da mãe e do casamento de Mel.

Ele havia decidido seguir a carreira da medicina também. Pois além de se encantar com ela também se apaixonou pelo mundo da medicina. Programou sua vida para que após o fim do contrato saísse da banda, antes disso ajudaria a escolher um substituto em um concurso de nível nacional.

Quando a mãe dela suicidou na prisão ele voou para o Brasil para ficar ao seu lado.

Em uma noite iam de metrô até um cinema qualquer para ver um filme. Pegaram um vagão lotado por pessoas que iam a algum evento.

Por algum motivo houve um solavanco no vagão e Vanessa foi amparada por Kwan quando quase caiu.

As pessoas no trem pareciam ter desaparecido. Os olhos deles ficaram presos um ao outro e logo seus lábios estavam unidos em um beijo mágico.

Ele não cometeu o mesmo erro que cometeu com Mel e se jogou de corpo e alma ao sentimento que nasceu por Vanessa.

No dia seguinte apareceu na casa dela com um buquê de flores e um pedido de namoro. Ambos foram aceitos com um sorriso.

Uma buzina a tirou de seus pensamentos. Olhou na direção do som e viu o Zenvo ST1 verde que Kwan havia transportado para o Brasil. Era o carro favorito dele.

Ela sorriu e correu na direção do carro. Ele saiu do veículo, abriu a porta para ela, voltou para o seu lugar, e antes de voltar a dirigir, virou-se na direção dela para roubar um beijo.

— Onde vamos? – ela questionou depois do beijo.

— O fim de semana apenas começou. Estou te sequestrando. Prepare-se para curtir praia, sol e muito amor.

— Adoro ser sequestrada – ela sorriu animada.

E ele acelerou em direção a casa dela onde preparariam as coisas necessárias para o fim de semana.

Durante todo trajeto pensavam em como eram abençoados em ter um ao outro.

Sun-hee e Kim Dong-sun

Sun-hee passou a ser a melhor amiga de Kim Dong--sun depois que Lee Kang Dae e Kwan ficaram um pouco distantes.

Ela descobriu que gostava de ajudá-lo a gastar a fortuna do pai dele. Apesar da senhora Kim Min Young reclamar a filha deixou o emprego e vivia viajando pelo mundo com o novo melhor amigo.

Os dois fizeram um pacto de que se chegassem aos quarenta anos sem conhecer alguém especial se casariam e continuariam curtindo. Nunca deixariam a amizade morrer.

Sara

A próxima parada de Sara era Busan. Saiu da aeronave e encontrou a equipe de filmagens no aeroporto aguardando por ela. Enquanto arrastava a mala até eles, ela foi parada algumas vezes para tirar fotos com alguns fãs.

No carro sua memória fez uma pequena viagem até meses atrás quando tudo começou.

Depois de conhecer a história completa da sua melhor amiga; sua aventura na Coreia do Sul, seu romance intenso, e seu casamento tradicional, Sara sentiu uma imensa vontade de conhecer a fundo o mundo dramático e romântico dos doramas que Mel sempre gostou.

Foi o que fez. Depois que Mel voltou das núpcias ela abriu mão de representá-la, pegou uma câmera, sua mala, um passaporte e voou para desbravar cada canto de acordo com cada dorama que assistia.

O que documentava era disponibilizado em um programa de TV que conseguiu exclusivamente para ela e tinha uma audiência espantosa.

Todo mês havia um dorama diferente como tema e desse dorama ela explorava música, comida, lugares, e tudo mais que pudesse extrair; além de entrevistas exclusivas com os atores e outros envolvidos na criação.

E o sucesso do programa *Dorameiras de Plantão* só aumentava.

Ahn Young-Soo

Sozinha na gigantesca casa Ahn Young-Soo vagava pelos cômodos. Os filhos e a nora raramente paravam lá.

Mas não permaneceu sozinha por muito tempo naquele dia. Uma visita inesperada veio tirar seu sossego.

— Não vai perguntar o que me traz aqui? – o homem continuava de pé depois de ter sido convidado para entrar.

— Sente-se, por favor – ela pediu sem conseguir desviar o olhar de seu rosto.

— Estou disposto a te dar uma segunda chance, mas tem uma condição. Não abro mão dela – ele declarou sem rodeios após sentar.

— Qual seria?

— Você vai ter a chance de escolher entre o amor e o poder novamente. Se escolher ficar comigo terá que abrir mão de toda sua riqueza. Terá que vir morar comigo no interior e me ajudar trabalhando em uma pequena pousada.

Era uma condição justa para quem uma vez abriu mão dele por dinheiro.

Mesmo com medo do que a aguardava ela aceitou. E algum tempo depois, trabalhando e morando em uma pousada no interior, ela descobriu que optar pelo amor podia ser cansativo, mas era extremamente gratificante.

Dong-hwa

Dong-hwa se apaixonou pelo mundo dos negócios e se tornou o braço direito do irmão no comando da K1 Corporation.

Também se envolveu com os negócios da VCA Veículos. Viajava constantemente para o Brasil.

Seu estilo continuava o mesmo. Nada de terno ou gravata. Mantinha seus cabelos sempre com cores diferentes e vestia-se de forma descontraída. O que fazia com que funcionárias, de ambas empresas, suspirassem diante de sua presença.

No quesito amor, ainda não tinha encontrado a pessoas certa, mas não reclamava. Estava satisfeito em se divertir com as erradas até encontrar seu grande amor.

Saber que poderia estar morto depois do tiro que levou tornava a vida mais preciosa. Vivia um dia de cada vez. Aproveitava cada momento com intensidade.

Conheça mais da
The Books Editora, visite-nos

www.thebookseditora.com.br

Entre em contato conosco:

thebookseditora@gmail.com

https://www.facebook.com/thebookseditora/

Se você tem um Smartphone use o leitor de QR Code e descubra um mundo de novidades da The Books Editora.